余泽民／著

欧

洲

细

节

天津出版传媒集团
百花文艺出版社

图书在版编目（ＣＩＰ）数据

欧洲细节 / 余泽民著. -- 天津：百花文艺出版社，2017.3
ISBN 978-7-5306-7140-5

Ⅰ.①欧… Ⅱ.①余… Ⅲ.①散文集–中国–当代
Ⅳ.①I267

中国版本图书馆CIP数据核字(2017)第072226号

选题策划：董兆林

责任编辑：刘洁　　　　　　　　　**整体设计：**任　彦

出版人：李勃洋
出版发行：百花文艺出版社
地址：天津市和平区西康路35号　　**邮编：**300051
电话传真：　+86-22-23332651（发行部）
　　　　　　　+86-22-23332656（总编室）
　　　　　　　+86-22-23332478（邮购部）

主页：http://www.baihuawenyi.com
印刷：天津新华二印刷有限公司
开本：787×1092毫米　　1/32
字数：133千字
印张：8
版次：2017年3月第1版
印次：2017年3月第1次印刷
定价：38.00元

目录

铁巷

去找阿蒂拉,要逆行穿过一条时间的隧道。

他住在布达佩斯八区的铁巷里。那是一条不长的窄街,夹在大环路与小环路之间,是帝国时代的老城区。街里的房子大多有上百年历史,墙体很厚,门洞幽深,举架很高;由于年久失修,临街的外墙大多墙皮剥脱,斑斑驳驳,可以看到裸露出黑砖、电线、管道和松动的砂浆;在有的门外墙上钉了两三块数字不同的门牌,或红或蓝或白或新或锈或宽或窄或高或低或并列着,显然是在不同的时代被钉上去的。不管人们留下这些牌子是出于懒惰,还是恋旧,毕竟留下了时间的痕迹,每块门牌述说着一段历史的结束或开始。

曾几何时,这片街区曾是一战前后新兴市民阶层的居住地,街里盖的都是豪华、宽敞的大公寓楼,许多人家里有比卧室还大的门厅,有的还特别设有窗子开向通风井的吸烟室。用人的屋子有两个门,一扇开向厨房,一扇开向楼道或悬廊,后楼道里还有用人的专用厕所。这条街里的房子大多建于19世纪末或20世纪初,不少楼内在二战前就已增设了电梯。如果留心细看,你在这条街上能找到巴洛克风格的屋顶、新古典主义风格的门楣,还有分离派令人眼花缭乱、辨不清结构的繁复装饰。在老楼中间,偶尔夹着一两栋跟周围建筑格格不入的社会主义时期建的水泥楼,从楼层高矮就可以辨出:老楼的三层是新楼的四层……想来,那是在二战空袭中被炸掉房屋的废墟上建的,低矮,简陋,左右两边露出隔壁老楼的高大防火墙,灰头土脸,感觉像被两个大人夹着的孩子。人们通常认为,时光流逝,历史进步,其实未必,从这条街上的建筑上看,就是退步的。

铁巷里的每栋楼每个门洞每个窗口都在无声絮叨着百年的故事,有辉煌有破败有家史有绯闻有战争有和平,还有和平时代的刀光剑影。百年里,布达佩斯人经历了一战、二战和冷战,建筑上许多的细节已被浮尘和烟灰覆盖,窗台上鸽子屎日复一日地流淌、累积,形成一道道白色条纹,变成像石头一样坚硬。如果你仰着脖子在墙上找,很快就能发现零星散布或连成弧线的弹孔,有的水泥墙被打掉一块,有的砖墙被击碎一角,这些都是10月巷战的记忆,血迹早已被冲刷干净,弹壁仍睁着惊悚的眼睛。就在那年的10月23日,匈牙利人推倒了雕像,赶走了拉科西,纳吉出任了几天总理;但是某国很快出兵,坦克横行,炮火轰隆,全城巷战。

我在凯尔泰斯的《英国旗》里译过一段令人窒息的记述:"每辆坦克在继续行驶之前,都要射出一发——而且是仅仅一发——炮弹,似乎是要比一个一万一可能浮现出来的闪念还要快。每辆坦克开炮的位置、方位和靶心都一模一样,就这样,一辆又一辆的坦克一连几天将炮弹射向同一栋年久失修了的、装饰派风格的居民楼一层的外墙上、窗户上和房间内的墙壁上,这个一天比一天逐渐扩大的窟窿,看上去就像一具尸首临死前惊惧张开的嘴巴,现在又被人逐个敲掉了所有的牙齿。"

我对这条街很熟悉,一是我打工过的一家华人报社编辑部就在铁巷隔壁,二是几年前我想买房,看过一套房就在阿蒂拉的楼上,那是一套在老楼顶上加盖的公寓,屋子很矮,墙体很薄,冬冷夏热,不过采光好,风景好,可以望到铁巷口那家百年的医院。

铁巷医院非常有名,被称为匈牙利现代外科的摇篮。罗列一下它的历史,你就能嗅出人类悲喜剧的气味:医院建于奥匈帝国的和平时期,最早成为帕约尔疗养院,早在1913年就对肿瘤病人进行放疗,一战时被改为战地医院;一战后匈牙利享受了十几年梦幻般的和平,这里发展成了全国装备最先进的外科医院;二战爆发,先后变成过战地医院、战俘医院、第102号红十字医院，直到1946年才又重拾旧名；1949年被国有化，一度改为"希腊人之家"，专门接诊数以百计的希腊难民；有几年医院被腾空改为党校，几年后重新又改回为医院，1956年秋天，这里抢救了大批伤员。1989年东欧剧变，匈牙利也改革实行多党议会制，铁巷医院成了医学院的外科教学医院。

一家医院的历史简直就是20世纪的欧洲史，从战争到和平似乎是进步，但也许只是历史轮回中的一个小环节。每次战后，人们都幼稚地以为不会再有战争，但遗憾的是，有人类，就有战争。

当然，历史有大历史和小历史，战争也有大战争和小战争。我说的"小"，是指"个人的"。前几年我决定翻译阿蒂拉的《宁静海》，就因震撼于书里讲的"小"故事：冷战时期，在一套老公寓里住着母子俩。母亲是一位性感、自恋、认为"在需要的情况下，一个人可以原谅自己的一切"的话剧演员，由于拉小提琴的女儿逃到西方，她即使表示跟女儿决裂，也没逃掉"靠边站"的命运，于是十五年间足不出户，平时除了搜集过去同事的讣告、担心自己死后会被火化外，将所有的精力都用来监视儿子的一举一动，软硬兼施地严密控制他，宁愿鼓励儿子嫖妓，也不愿让他找到爱情。尽管儿子每天将母亲反锁家中，但实际上他才是母亲的囚徒:不仅要为母亲买面包、唇膏等一切琐碎用品,忍受母亲的歇斯底里、苦杏仁的体味和分分秒秒的监视,还要以被母亲象征性活埋掉了的姐姐的名义给母亲写信,并将母亲写的回信锁在抽屉里……大历史的冷战结束了,小历史的冷战变本加厉,儿子试图借助写作进行内心逃亡,但他无法逃脱十五年里母子俩共同编织的憎恨与激情的蛛网。

"什么时候回来儿子?"

"你去哪儿了儿子?"

十五年里,儿子每次出门进门,都要回答母亲同样的问题,或者编织不同的谎言;十五年里,在无数次"什么时候回来"和"你去哪儿了"之间,昼夜交替,四季更迭,政治剧变,东欧解体,乌托邦的桃源里建立起拜金的宗教,十五次颁发诺贝尔奖,三百颗人造卫星发射上天,三种亚洲语言被宣布为死亡语言,三千名智利的政治犯在矿难中销声匿迹;十五年中,这个衰败家族的最后两名成员之间,只有日趋变态的情感纠葛勉强维系。阿蒂拉的文字有骇人的力量,用真得不能再真、细得不能再细、狠得不能再狠的笔触记录下一切,犹如摄像机镜头,不仅记录下人物和事件,还连同许多乍看上去可有可无的细节一起记录下人物内心最暗处的纠葛,每一个细小的情节,后来都会引发令人惊愕不已的结局,每一个出场的人物，都会在揭示主人公的命运中起着直接或间接的作用。摄影机的镜头缓慢移动，每移动一寸，向人们展示的内容都出人意料，且并不由于出人意料而不可信，再极端的东西都在人性可能的情理中，他用丰富的层面呈现出冷战中的东欧社会悲凉、边缘、孤独、无助的生活景象。

阿蒂拉的全名是巴尔提斯·阿蒂拉，我第一次见他是在照片上。2004年的一天，我去安德拉什大街上的作家书店，目光被书架上一个封面吸引了，要知道，我属于那类会因封面买书的读者。封面上是一只睫毛清晰可数、眼白血丝可见的女人的眼睛，犀利，冷艳。后勒口上有黑白的作者像：背景阴暗，一束光打在男人的左脸上，另一侧隐在灰影里；男人胡楂儿粗硬，脸上有颗明显的黑痣，脖子上挂着一根皮项链，嘴角斜叼着一支燃着的烟卷。头稍稍右偏，眉头微皱，戴着眼镜，用一副怀疑、警惕、厌世并带着挑衅的眼神看着读者。从那张俊酷、狡黠、令人敬畏不安的脸上，散发出某种毁灭的气息和潜伏的残忍。

我见阿蒂拉本人，是在2011年中文译本出版后。他住在铁巷大街一栋很旧很结实的老楼里，大门口的门铃上，写的是他已故父亲的名字。按门铃的刹那，我感到时空错乱。

阿蒂拉的父亲也是位作家、诗人，出生在罗马尼亚的匈族区，曾在齐奥塞斯库统治时期五次被捕，第一次被指控犯有叛国罪时只有13岁，年仅20岁就被以反革命罪判处死刑，后改判有期徒刑，在监狱里度过了十年的青春。出狱后，举家被流放，1984年被注销罗马尼亚国籍并驱逐出境，带着儿子逃难到布达佩斯。阿蒂拉的母亲已在父子俩逃亡的前一年病逝。

推开沉重的黑漆大门，走进昏暗阴凉的大道。巴尔提斯家的门开在楼梯拐弯处的平台上，相对清净而独立。屋门打开，两米多高的作家站在门口，瘦削，刚硬，浓密的头发梳向脑后，两腮留着青皮胡，比书上作者像的愤青样子更智睿更成熟也更男人一些。

房间里的光线很暗，临街的大窗不仅灰蒙，而且还在窗玻璃的四周贴满不透明的米黄色胶带，感觉已有许多年不曾打开。两面墙上是直通天花板的书架，架上桌上地板上都堆满了书，其他的墙上挂满油画，从晦暗的色彩和沉实的风格看，怎么也是一个世纪前的作品。客厅的一角是方桌方椅，靠窗的一角横着一张笨重漆黑的旧写字台，另一角的矮柜上摆满了烟斗，多得感觉像在办展览。书架前有一台小人国里用的小风琴，估计怎么也有两岁的年纪，风琴盖上靠了一张主人少年时代的标准照，褪色，变黄，阳光，无性，无论他中年后的模样怎么俊怎么酷,都让人对成长萌生隐隐的怜意;旁边横摆了一个骨雕的阳具。风琴的脚下有一摞礼帽,想来是他家几代男人戴过的。这套屋子与其说是住宅,不如说是博物馆,吸引我的是挂在墙上的一把小提琴,像一个符号,让我联想到书中叛逃的女儿作为遗产继承的那把名琴,以及书中描绘的那个死气沉沉的家。未等我开口,阿蒂拉就向我解释:"有个记者来这里采访,我花了半个小时跟他解释,书是在这里写的,但这里并不是女主人公的家。我妈妈更不是小说中的母亲,她在我十三岁时就过世了,没当过话剧演员,更没有那种专制倾向。"不过,他也提到一个似曾相识的细节,他有过一个早夭的妹妹。妹妹死后,母亲再也不拉小提琴了。

"那你怎么想起写这部书?我指的是,这种母子关系,有没有自传色彩?"

"我首先设想出这样一种关系,之后顺水推舟地写下去,这本书可以说是自己形成的。"他说,"永远不能把纪实文学跟虚构小说混为一谈。当然,如何将真实的元素渗透到虚构中去,那是另外一回事。不存在与作家体验无关的虚构作品,而渗透进过少或以什么方式渗透到文字里,那并不重要,因为不管怎样,它都会建立一个有着独立的自身法则的世界。在一句话或一段话里,完全可以用十分特别的东西建造另一种世界,但是这并不等于说,可以跟现实相混淆。至于书里的母子关系,坐到写字台前才知道的。我在写字台前经历了那一切。"

我朝窗台前斜摆着的那张宽大笨重的黑色写字台望了一眼,仿佛看到了一个舞台。不过,不管他怎么解释,我还是感觉作者的面孔跟书里儿子的脸是重合的,想来,一部真诚的作品肯定是作者内心的造影。阿蒂拉当年逃亡者时,是15岁的少年;书里儿子的内心逃亡,大概也从这个年纪开始的。

屋里到处都是书架,一半书是父亲的遗物,另一半是儿子将留给孙辈的遗产。里屋正对门的那面墙上,挂了四五幅风格各异的油画,其中有一幅很大很显眼,画的是一个长着狼头、翅膀的神秘裸体。他说这幅画是他自己画的,我问这幅画叫什么,他没有直接回答,而是说:"每个人身上都有魔鬼和天使。"

在另一面墙上挂了一块巨大的黑布,这里是阿蒂拉的"摄影棚"。原来他年轻时读过两年摄影专业,后来一直没有放弃。据说最近十年,他只在室内拍一个女人——他现在的情人,我猜,这里是主要拍摄现场。我告辞之前,他支上相机,邀我一起自拍了一张合影。于是,我俩坐到那块黑布前,坐在一张黑漆的床边……我很喜欢这张合影,气氛、感觉都很特别,仿佛在另一个我们都未出生的旧时空里,想来现在人很少拍这样的合影,很少下意识地摆这类姿势。我跟他说:"下次我再翻译你的书,得把这张放到书里,因为我跟你是合著者。"

上周,他又约我去他家,并告诉我他马上要去柏林,他拿到了一笔奖学金,可以不用为生计发愁地写作半年。他说,他明年一定要完成手头的这部小说,写一位摄影师的故事,而且,这本书里将出现中国元素。阿蒂拉去过三次中国,其中一次去的中国台湾,有一次在上海还住了两个月,回布达佩斯后给我看,他真的走烂了一双新皮鞋。

活着

有将近七年，我都蜗居在布达佩斯七区一间20平方米的小屋里。那间屋本是好友亚诺什家厨房的一部分，他为了给我一个独立的空间，特意找人砌了一堵墙，从楼梯间单给我开了一扇小门。小屋内高约4.5米，我搭了一个8平方米的阁楼，在阁楼里可以直着腰走路。伏在阁楼的栏杆上朝下望，感觉站在眺望塔上。屋里唯一那扇封死的小窗归到了阁楼，为了利用空间，我牺牲了光线，将小窗改造成了书架，看不到风景，但能看到许多书；有书的世界，我就觉得有自由。

亚诺什家的地理位置很好，在与安德拉什大道平行的国王大街，二战前是繁华的犹太区，商店门脸一个挨一个，相当于北京的西单或大栅栏。二战中，匈牙利的犹太人多被抓进了纳粹集中营，房子均被匈族人占有，商业街萧条了半个世纪，这些年才重又变得繁华起来。国王大街的两端是大、小环路，还跟李斯特广场直接相连。

有的时候，我早上一睁眼就往楼下跑，就为去李斯特广场看一家家咖啡馆的跑堂们支起遮阳棚，摆放木桌椅，并将坐垫搁在椅座上，听桌椅相碰时在寂静的晨雾里发出清脆的声响；有的时候，我会一天憋在小屋里看书，翻译，上网，等到晚上商店全都打烊后才想起来逛街，就为看大环路服装店的店员们给橱窗内的男女模特脱衣穿衣，或刚巧有人在嘎啦嘎啦地放下金属卷帘门；有的时候，我乘公车回家故意早下两站地，就为能路过附近的两家成人用品店，坏坏地想让碰巧从里面出来的邻居或熟人尴尬一下，当然，这种情况发生的概率极小，但还真的发生过；有的时候，我跑到一家好几站地远的小杂货铺买电话卡，就为了让一位曾在马来西亚生活过几年的匈牙利老妇能得意地用中文跟我打招呼，她曾在那里的匈牙利使馆当过文秘，退休后用攒下的工资开了这个小得不能再小的小店；有的时候，我会大步流星地跑到布达佩斯西火车站广场的地下报亭去买杂志，就为了听一对向无家可归者施粥、传教的韩国夫妇用美声唱匈语的赞美诗，即便衣衫肮脏的流浪汉们排了大队并使地下通道充满了体臭，但行人们也无嫌恶和抱怨，与他们相安无事；有的时候，我喜欢在街边的长椅上小坐一会儿，出一会儿神，就为在行色匆匆的路人中看长颈的女孩和金发的男孩，还有五花八门的衣着、面孔和狗；

有的时候，我主动帮亚诺什到楼下小广场遛狗，就为跟狗友们的主人搭讪两句，接接地气，练练匈语；有的时候，我会半夜三更跑到四五站地之外的多瑙河边散步，就为观察鸡们鸭们如何揽客，冲他们飞来的媚眼憨憨地微笑；有的时候，我沿着4路有轨电车线或绕着英雄广场竞走般地狂走，就为耗掉一顿摄入太多的卡路里；有的时候，我即使醒了也赖在床上不起，就因为讨厌去办某件不得不办的事情，我这辈子没准时准点地上过班，甚至从来都不戴手表；有的时候，我明明知道要失恋但还是忍不住要恋，是因为痛苦更让人意识到自己还活着，以后咀嚼起来可以用这些故事标记时间。

在匈牙利，常有同胞不解地问我："人家大字不识的农民，在市场上拉两年小车儿也能混个老板当当。你出国这么多年，语言又好，怎么还是……这个样？"我明白对方没好意思直说，"这个样"是指"穷光蛋"。

我对这话并不介意，只耸肩一笑："没办法，咱天生不是挣钱的料。"其实，我心里什么都明白，我并不藐视财富，也知道金钱的重要，但我还清楚自己的价值。我常这样安慰自己：世界上并不缺你一个蹩脚的商人，而是缺你一个真情真性的男人。平时，我拿三分之一的时间维持生存，三分之一的时间读译写，剩下的三分之一用来求欢、会友、旅游、看戏、泡吧、蹦迪。出国多年，我没挣过大钱,没染上赌瘾,也从没花钱"解决"过自己的性欲。我从不善狩猎,但身边也没缺过情人。

有一次,一位中国老板请我做翻译,他开着宝马车来接我时,正撞见我跟女友在门口接吻。车子开到奥克托宫街口遇到红灯,这位品相还行的南方商人双手搭着方向盘,不无醋意地冒出一句:"你说,我出国的年头比你还长,怎么就没有碰到过一次你这样的艳遇?"

"那倒不是,"瞧他那副认真劲儿,我故意逗他:"你没听过这么一句话吗?"

"什么?"

"爱情,是穷人的财富……"

他黯然一笑,盯着还没有变绿的路灯不再说话。其实我还有句话等着他:有钱不见得有爱,有爱才是活着。

奶奶耳背

两个月前,娜拉在她四十五岁生日的聚会上,出人意料地透露了一个自家的私事,她告诉大家:安迪出柜了!

安迪是娜拉的大儿子,二十五六岁,大学毕业后在一家创意公司做平面设计,我跟他虽然只见过两面,但从娜拉嘴里听得耳根子都已经磨出了茧子,她为这个乖儿子骄傲得不行,不是布莱德·皮特,也是汤姆·克鲁斯。安迪的个子不是很高,但相貌十分英俊,齐肩的卷发柔软光亮,说话的声调比任何人习惯的都低半度,笑起来虽然羞怯,但他的眼睛会毫不羞怯地盯着对方的脸,设计出的东西也很有才气。安迪和母亲在一起,给人感觉像是对姐弟,彼此都是商量的口气。不过也听娜拉抱怨过,儿子火起来像一头狮子。

娜拉在生日聚会上讲,不久前的一个周末,全家去外地参加一位亲戚的婚礼,出门前就因年迈的奶奶评论了一下孙子过于中性的衣着,安迪就莫名其妙地发起火来。他冲着老人面目扭曲地吼了一句:"您听着,您孙子是个同性恋!"

老人虽然耳背,但对孙子这句出乎意料的吼叫听得清清楚楚,但她当时什么也没讲,闷头在厨房里坐了一会儿,皱着眉头,不住地喝水,即使娜拉劝她也不理睬。在亲戚的婚礼上,安迪几次跟奶奶搭话,婉转地用乖觉表示歉意;老人虽然不冷不热地应和,但并不想说话。回到家后,奶奶心事重重地去了邻居家,她必须消化一下那个词的含义。

对于儿子的心事,娜拉其实早有察觉。两年前,在娜拉大学毕业典礼后的一次聚会上,她偶然捕捉到儿子和一位古巴男孩之间暧昧的眼神。后来更有种种迹象表明,儿子跟那个皮肤深棕、眉毛粗重的小伙子走得很近。

"你想跟妈妈说什么吗?"有一次,娜拉跟儿子聊得很好,于是试探着问安迪;但当时安迪没有吱声。他猜出母亲想问什么,他并不想隐瞒,但也一下子不知道该怎么说。他知道自己一旦开口,会牵扯家里所有人的生活。年轻人很个性,但并不自私。

两天之后,娜拉得到了儿子的回答:"那好吧,咱们要说就坐下来说……"

娜拉听儿子讲述了一切,讲他自己是怎样了解自己的,讲自己曾经厌恶过自己,讲后来又怎么喜欢上了自己。

"妈咪,你不信我得过忧郁症吧?"安迪问。

娜拉本能地想摇头,但最后还是点了点头。她确实想象不出这么阳光的儿子曾经忧郁过。仔细想想,好像是有过一段时间,安迪回家后喜欢独自待在自己屋里,音乐的声音放得很大,但仅此而已……有过几次争吵,但全都因为家里鸡毛蒜皮的小事。想到这里,娜拉责怪自己粗心,她丈夫是议员,每天在国会里为党派争斗忙得不可开交,满脑子都是政策和大选,更不会留意孩子的情绪。最后,娜拉用她有生来最平静的语调说:"其实我以前就猜到了……但我不认为我们之间的关系会因为这个有任何改变。"

当晚,她把这事告诉了丈夫,丈夫虽然出乎意料,恼火地踱步,但并没对儿子正式表态。娜拉告诉儿子:不管怎么样,父亲都能够理解他。没过几个月,十九岁的女儿也知道了,兄妹关系反而更亲密。

自打冲奶奶吼过之后,安迪如释重负,感觉攻克了最后一个堡垒,他终于可以在家里自由自在地做自己了。消息迅速传开,不再有秘密,所有人都感到轻松。亲友聚会,安迪大大方方地带着男友出场,大家的好奇心,反使他们成了聚会的热点。假如哪次他俩没来,大家短不了要关心地议论，说"阿尔贝托是个挺可爱的男孩"，假如哪次安迪一个人来，大家则会忍不住问："你跟阿尔贝托怎么样？"

昨天，娜拉约了几位同样喜欢中国文化的朋友一起在家里过春节，我也应邀赶去。安迪和男友都在家，我虽然第一次见阿尔贝托，但由于听娜拉聊过太多，所以没有任何的陌生感。阿尔贝托性格外向，十分健谈，尽管他的匈语讲得不太好，但表情和手势很有感染力。他给了我一支古巴雪茄，为我剪开，点燃，问我味道怎么样？随后，他说他很幸运，安迪一家对他很好。安迪凑了过来，捏了一下阿尔贝托的脖子，然后摸了摸他的短发，一脸阳光地冲着我笑。

"你奶奶呢？"我问安迪，我发现老人整晚都没有出现。

安迪说，他奶奶最近血压不稳，还晕倒过一次，最近在医院检查治疗。

"你奶奶的态度怎么样？"我当然是指对他俩的态度，毕竟老人是守旧的一代。

"挺好的，"安迪说。

前几天经过父母同意，安迪带着阿尔贝托捧了一束鲜花去医院探视，老人自己耳背，所以说话嗓门很大，她附在孙子的耳朵上大声说："我很高兴你们相互找到了对方。"一阵突然袭来的寂静。过了一会儿，老人看看阿尔贝托又大声说："我很高兴你俩这么彼此相爱。"

当时，护士长和两位病友都在场，奶奶的喊叫，反让安迪羞得满脸通红，眼睛湿润，鼻梁发酸，他捅了捅男友，示意他该说点什么。平时话痨的阿尔贝托，此刻也变得笨嘴拙舌，嗓子眼好像被人掐住了，发不出声，只是激动得伸出手扶住老人的膝盖。

拒绝成长

　　列希，是斯拉夫神话中一个长了绿色胡须的森林精灵，长了一副人的相貌，但无论日行夜游都无影随形，有的时候化作巨人，有的时候变成老鼠，一辈子都在做恶作剧，想方设法让人迷路。

　　赫耳墨斯，是希腊传说中的宙斯之子，既是神使，也是神偷，即使在恋爱时也玩世不恭，他与爱神阿芙洛狄忒生下二子，一个是充满挑衅的勃起象征，另一个则是雌雄同体的美貌酷儿，将简单的情感变得不再简单。

　　海子，本是一位凡胎肉身的困顿诗人，他在生活日趋虚无了的物欲时代，天真地追求本就虚无的精神存在，一列火车的车轮斩断了他面朝大海的二十五岁身体——至少随着时光的流逝，在崇拜诗歌的人群里，他变成了神。

　　我的大姨，在20世纪50年代反右和60年代"文革"

中被中止了成长,她在女儿未满五岁时,就被只身下放到呼兰那个因萧红而知名的小地方,在黑龙江一带成了"陪斗专业户",从小学校长到省长她都陪过,就因为她长得漂亮,生活小资,不但曾跟李光羲、罗天蝉同台唱过歌,还嫁了一个大鼻子的中美混血……20世纪80年代中期,落实政策后的大姨年过半百,补给的工资只够买一台大彩电。有一次她出门蹦迪崴伤了脚,家人劝她,她根本不听,说是要"向'四人帮'讨回青春"。去年,八十五岁的大姨赴美探女,让女儿给她买了好几双高跟鞋带回国,结果再度崴伤了脚。高跟鞋不能穿了,于是将鞋摆在床头供着,祭奠不可能讨回的青春。

每次我去奥地利的萨尔斯堡,次次都会在迷你古城里沿着同样的路线漫步,穿行于《音乐之声》的银幕风景,踯躅在每个角落都能听到莫扎特音乐、都能看到莫扎特巧克力的街头巷尾,隐身在古城彩色、甜腻的空气中。莫扎特故居是一幢鲜黄色外墙、棕黑色木梯、光线昏暗、陈设古旧的五层老楼,尽管我去过许多次了,但还是会忍不住买张票进去,在棕黑色的地板上咯吱吱地走走,闻闻从旧家具中散发出的香草味。

这里没经历过战火,没遭受过抢劫,故居中保留着250年前的家具和陈设,还有莫扎特生前弹过的风琴、木琴、小提琴，以及留有他笔迹的书信、乐谱和舞台设计。展柜里不仅收集了来自世界各国数以千计的出版物，还珍藏着一绺柔软的金发。只要你留心一下莫扎特从小到大的各种肖像，你就会发现：他总是留着同样的发型，穿的总是或蓝或红的丝绒燕尾服，就连那副从不见云翳的清澈眼神也始终未变……事实上，莫扎特的命运并不像他的音乐那样快乐无忧，三十七年里，他经历了荣耀与羞辱，富贵与贫寒，父亲的严厉和宫廷的颐指，不仅禁锢了他的天性，甚至不准他离开萨尔斯堡。许多年中，他只能在音乐中幻想自由。

我读过几本莫扎特传记和亲友回忆录，最打动我的是：在生活中，这位谱写了650部不朽作品的音乐大师，却是一位顽皮成性、渴望被爱、从未成熟、总在反叛的大孩子。他喜欢跳舞、打台球、泡酒吧，喜欢用高雅的服饰美化自己并非美男的相貌，他喜欢骑马、击剑、教八哥唱歌，模仿市井的粗话，开不雅的玩笑；兴奋时能不顾客人在场，跳到桌子上椅子上学猫叫狗叫，拿大顶，翻跟头，活像个调皮的野小子。他很自恋，但不在乎世俗的荣耀；他很聪明，但对生存惶惑无措；他很忧伤，但对音乐中表现的快乐，却有着圣徒般的使命感；他很放浪，但不曾因痛苦而看破红尘。本来，他可以舒服顺当地沐浴荣华,享受赞美,选择巴赫、瓦格纳、李斯特式的明智成熟,但他没有。莫扎特选择了出走,与宫廷决裂,选择了他本不该忍受的饥寒交迫。

读莫扎特传记,有一个细节让我笑喷了。1777年12月3日,莫扎特给表妹写了封信,信的开头是这样的:"亲爱的表妹,在我坐下写信之前,先去了趟茅房。现在,已经解决了。感到轻松无比!心里一块石头落了地,我又可以填满我的大脑了……如果你闹肚子,抬腿就往厕所跑,如果你憋不住,那就拉到裤裆里……代我向我们的朋友们致以比臭屁还要臭的问候。"笑罢,我好奇地查了一下莫扎特的生日,当时他已经21岁,已经不是小孩子了。

莫扎特一辈子都是顽童之心,他不是没有长大,而是拒绝成长,拒绝成年人的规则和宫廷的意志。莫扎特是个天才与幼稚、细腻与粗莽、高雅与鄙俗、不羁与忧伤的矛盾体。他爱说粗话,并能从粗话中感受音乐的律动;他爱打闹,但只要发现屋里有平展的地方,哪怕是窗台和枕头,都会情不自禁地轻轻盲弹。

莫扎特的好友、小说家卡罗林·皮希勒在回忆录中记述了一个生动的情节:"一天,我坐在钢琴前弹《费加罗婚礼》中的'不要再去做情郎',莫扎特刚好在我家,他悄悄走到我身后,对我的演奏颇为满意,禁不住跟着轻声哼唱,还用手指在我肩膀上打拍子。忽然,他拎过一把椅子坐到我旁边,让我继续弹低音,他即兴弹了一段优美的变奏,每个人都屏息静气地倾听从这位乐神手下流出的曲调。但他突然感到厌倦,跳起来,陷入那种经常发作的神经质。翻过桌子,跳过椅子,像猫咪似的喵喵怪叫,还像顽劣的孩子一样翻筋斗。"

假如心理医生看到这个场景,肯定会把他诊断为"多动症"或"幼稚症",但问题是,多动解释不了他演出的专注,解释不了他艺术的智商。对他来说,音乐似乎并不是谱出来或演出来的,而是跟打嗝儿放屁一样自然而然的生理产物,他将内心的欢娱以及内心渴望的欢娱一起表现在他的音乐里,哪怕是在他最贫寒、最落魄的时候。

许多人都把莫扎特的幼稚说成是他的"美中不足",认为是他拒绝成长的天性毁掉了他。其实不然,正是这种幼稚创造出莫扎特的美。李贽说:"夫童心者,真心也;若以童心为不可,是以真心为不可也。夫童心者,绝假纯真,最初一念之本心也。若夫失却童心,便失却真心;失却真心,便失却真人。"

拒绝成长,这种缺憾是别人认为的遗憾,莫扎特从不肯为别人活着。世俗意义上的成熟者,不会辞掉

拒绝成长
像莫扎特、海子那样执迷不悟地拒绝成长，
实际是一种勇敢成长。

（摄影：佟伟）

孤独很残酷

孤独是残酷的，也是无可避免的，
孤独里既暴露人性的弱点，也显露情感的光亮。

（摄影：佟伟）

宫廷乐长职位去维也纳受穷，不会在悲凉中写出《魔笛》这样美妙的乌托邦神剧，在孤独中让美好与光明的洪流如此汹涌。莫扎特幸亏没有长大。他的音乐轻盈透彻，如风似云，飘浮在人间的痛苦之上；如四季轮回，最后的音符总是回到开始的起点。

前两年，德国柏林一家画廊展出了一幅最新发现的莫扎特肖像，作品出自德国画家约翰·乔治·艾德林格之手。画布上的男人苍白微胖、皮肤松懈，这副肖像画于1790年，也是莫扎特逝世前一年。专家估计，这是莫扎特生前的最后一幅肖像。但是无论科学家运用何种高科技手段进行了鉴定，但我仍不相信，准确地说是不肯相信（顶多我相信那是带了副面具的莫扎特）。在我的印象里，莫扎特永远是印在巧克力球金纸上的那张肤色红润、眼大无神的娃娃脸，永远是那个戴着白色假发、永远长不大的天真孩子。成年后的莫扎特在给妈妈的信上说："晚安，妈妈。祝您在床上放一个响屁！"

在功利营生的当代人来看，拒绝成长是幼稚、愚蠢、不识时务的勇敢。"成长"并不一定只是褒义词，从某个角度讲，他和海子拒绝的是平庸的成长。莫扎特逃离了萨尔斯堡，穷困潦倒地死在外乡。他执着的幼稚成全了人类的音乐，有人算过，如将莫扎特一生的作品一口气地演奏下来，至少要演九天九夜——220小时！

　　在离开萨尔斯堡的路上，我再次体会到出走的兴奋。拒绝成长，也是我一直怀揣的梦。

孤独很残酷

新年前,我去塞格德看朋友,皮什迪家是我必到的一站。

塞格德靠近南斯拉夫边境,离罗马尼亚也不远,人口虽然不到二十万,但在匈牙利已算名列第四的大城市了。我刚出国的头六年,都是在这座城中度过的,那几年对我来说是最动荡最磨难的日子,最幸运的经历也发生在那里。在许多帮过我的朋友中,皮什迪是关系最近的一个。他有一个双胞胎妹妹,兄妹俩都是高个子,大眼睛,棕头发,笑时有两个大酒窝,骨子里的暖男暖女。我刚认识皮什迪的时候,他还单身,女友几周换一个,常借我和朋友租住的房子。他每次来都很受欢迎,因为会拎瓶红酒或可乐给我们留下。

皮什迪的父亲埃米尔是琼格拉底州警察局的刑警上校,曾在我身份"黑转白"时帮过我的大忙。不过,我从没见过他穿警服的样子,每次我去找皮什迪,都见他父亲穿一身休闲装,说话慢条斯理,面带微笑,只要别人话音未落,他就不会张口,给人感觉更像一位以倾听为职业的心理医生,跟我想象中会擒拿格斗、腰里别枪的警察形象相差十万八千里。难怪皮什迪的母亲总开丈夫的玩笑:"他不仅在同事里人缘很好,罪犯们也都喜欢由他审问,好像自愿帮他破案一样。"

女主人说,警察局的同事开过丈夫一个精辟的玩笑,说埃米尔上校骨子里跟罪犯是一伙儿的,只是一个坐在这边,另一个坐在那边,之间隔了张可笑的桌子。说是审问,气氛活像是聆听忏悔……但是说来也怪,从不横眉立目,从不威胁咆哮,但是他审的犯人几乎没有不招的。

每次我去皮什迪家,母子俩都会争抢着给我讲男主人的新故事。可是这一次,或许由于他们知道我成了作家的缘故,埃米尔未等家人开口,自己主动向我讲述了一个刚刚遇到的烦心事:

圣诞节时,赶上埃米尔值班,位于巴黎大街的整座警楼空得让人心慌,每层一位值班警官带两名小警察,再有就是一个他很讨厌的门房。妻子跟孩子们去奥地利滑雪了,他坐在办公室里翻几页卷宗,看一两眼电视,忽然感到莫名的孤单。值班警察不能聊天,这是规矩,他突然想起楼上关着一个涉嫌杀人犯,这桩案子由他负责,但找到的证据还不充分。

上校按铃，叫手下的小警察把关在二层的那个嫌疑犯提过来，他让手下人在门外等着。审讯室里只剩下两个人，他出人意料的温和说："你看，今天是圣诞，我是一个人，你也一个人。今天晚上不算提审，只是在一起吃一顿饭，随便聊聊。"说完，他派人到隔壁餐馆打了两包快餐，边吃边侃些男人的话题：足球、女人、盖房、学生时代……

起初犯人还很紧张，后来呵呵地开始争辩。过了一会儿，办公室突然寂静下来，犯人的眼睛东转西转，不敢直视，动作逐渐放慢，最后费劲地狠咽一口，半张的嘴忽然喘息起来。

埃米尔敏感地皱起眉头，知道对方脑子里在想什么，他忽然变得异常烦躁、异常暴躁，冲着犯人失控地呵斥："你给我闭嘴！你听见没有？我们一开始就说好了。"说完再次按响电铃，命令将嫌疑犯带回关押的房间。

"上校先生……我……我就是。"未等狱警的脚步出现，对方就迫不及待地交代了，仿佛他的回答迟些，自己的喉管就会被割断。

说到这里，埃米尔稍稍停顿片刻，脸上流露出烦闷与沮丧。他问我："听皮什迪说你学过心理学，又是作家，也许我说的只有你能明白——从良心上讲，那根本不是

孤独很残酷　029

我想要的结果，让我觉得自己手段卑鄙。"显然，那家伙招供并非慑于上校的威严，而是自己没能扛住圣诞夜的感动。事实上，埃米尔提他出来陪自己吃饭，目的并非要感动对方，而是没有扛住节日里的孤独。

"那个蠢货，自己给自己套上了绞索……"埃米尔的语调里充满懊恼。"现在可好，犯人是招了，可我觉得自己犯了罪似的。没有人会举报我，也没有人会原谅我，我跟人讲，别人不仅不会理解，反会觉得我是办案高手，这更让我心烦。我办过这么多案子，但没有一次是这样办的。"

我一声不响地听他说，心里同情，但又知道这种同情无论怎么流露都会很滑稽。

"是啊，"他停顿了片刻继续又说，听上去像是自言自语，"这东西……人在用的时候真要小心。"

"您指什么？"我不解地问。

"感情，我指感情，"他的情绪有些激动，"真想不到，一点点关心就能具有那么大能量，一点点同情，片刻之间竟能置人于死地……"

这时候，正在一旁鼓捣电脑的皮什迪忍不住咯咯笑了起来，心不在焉地插嘴道："爸，我看您也能写小说啦。"

埃米尔瞥了儿子一眼，摇摇头，然后自嘲地挥了下手,立即将话题转到金融危机方面。但是,整个晚上我都觉得自己该对埃米尔说点什么,即使不是直接的安慰,也至少该表示自己对他的讲述有所触动。但是,直到晚饭后我起身告辞,也没有找到合适的话,离开的时候照例跟一家人亲热地吻别,当我的脸被埃米尔的新胡子楂儿扎得刺痒时,心里涌上股复杂的心疼。

第八宗罪

欧洲富国挪威，作为非石油输出国组织的成员，石油输出仅次于沙特阿拉伯和俄罗斯，连续多年被联合国评为"最适宜居住的国家"，位于"全球人类发展指数排行榜"之首。挪威人日子过得平心静气，生活富裕，但不忘乎所以，即使有贫富之差，也不足以造成社会矛盾，慈善业不作为宣传工具，而是社会公德。这跟挪威历史上从未出现过贵族政治、执政党奉行平等精神和近些年在民间流行的《詹特律法》有关。

所谓《詹特律法》，是挪威作家山德莫斯在一本书里提出的被称为"挪威十戒"的社区道德规范。虽然不是政府立法，但深入人心，难怪奥斯陆首富洛克要在自己买下的一个私人岛上盖一座豪华别墅，都会成为挪威人的众矢之的。

这跟国内流行的"三富"——比富、炫富和崇富相比，实在是有天壤之别。

我有位朋友在布达佩斯当导游,常常见识到国人的疯狂。他跟我讲,最近刚接了一个国内来的商务考察团,都是南方的个体企业家。十几个团员不分男女,兴趣全在购物上,而且每人挎一只树皮色的LV包,在步行街上鱼贯而行。在扫荡了瓦茨步行街、安德拉什大道和西部商城后,有人失望地问导游:怎么没有"爱马仕"?

朋友掏出手机上网搜索,向他们解释,这个牌子确实没进匈牙利市场。客人们追问:这里没有哪里有?朋友说维也纳肯定有。没想到几位客人七嘴八舌地一商量,当即决定取消第二天的观光计划,集体杀向维也纳。刚才还获得交口赞叹的布达佩斯,转眼被贬得一无是处,"爱马仕"俨然成了衡量一个城市好坏的标准。原因是:国内开始流行"爱马仕"。

想来,国内把LV糟蹋臭了,现在开始糟蹋"爱马仕"。上网搜搜,国内炫名包、炫名车、炫房子、炫衣服、炫首饰、炫钞票、炫婚礼、炫父母关系的帖子不计其数。偶然炫出几起丑闻,也没能打击炫富者们的高昂热情。有炫富,就有仇穷。赤裸裸的拜金主义和阶层意识,即使在老牌的欧洲国家也很难想象。

再回头说奥斯陆首富洛克,他的炫富可没有好下场。洛克十七岁时还是一个一文不名的打鱼队船员,在北极冒险捕鱼许多年之后,自己成立海产公司,白手起家,如今已是挪威知名的投资公司。在他炫富之前,年轻的挪威人把洛克当作立志的样板,炫富之后洛克不但名声大跌,而且遭人指骂,媒体更是群起而攻之,专拣他发迹史中的丑闻来揭露,似乎是为全民出气。最后财大气粗的他也不得不低头,表示"我不想伤害挪威人民的心灵,我买小岛就已触怒了许多人,再盖别墅,更让他们视我如瘟疫……"最终,洛克决定卖掉价值140万美金的小岛,豪华游艇也只在外国水域里使用。

挪威人仇富吗?其实不是,挪威人很富,其首都奥斯陆2012年的人均GDP已经达到74057美元,是全球排名第二的城市。即使在欧洲经济危机的风口浪尖上,挪威的失业率也只有3%,可以说家家过得从从容容,无忧无虑,实在没有仇富的道理。

话说回来,140万美金,这对中国人来说都不是个惹眼的数,顶多只当个花边新闻来报道。说来说去,洛克之所以惹了众怒,并不是钱多钱少的事,而是洛克四处招摇、故意炫富的暴发户做派,违背了挪威人谦逊处世的道德观,侵犯了他们维护社会和谐的防线。

欧洲人从中世纪起就认为人类有七宗原罪:傲慢、妒忌、暴怒、懒惰、贪婪、暴食及色欲。虽然这七宗罪不同于杀人放火等刑事罪,但是它们被视为所有罪恶的起点,情杀源于色欲,偷盗源于贪婪,暴力源于暴怒……在但丁的《神曲》里,生前犯有原罪的人,死后都要下地狱大刑伺候:犯淫欲罪的投入硫磺和火牢中焚烧熏闷;犯暴食罪的再难相守山珍海味,只能吃老鼠、蛤蟆和爬虫;犯贪婪罪的被扔进油锅煎炸;犯懒惰罪的与蛇同居,再也别想安生;犯暴怒罪的被大卸八块,碎刀凌迟;犯嫉妒罪的被缝上眼睛,眼不见心不烦;犯傲慢罪的惩罚更有形式感,惨遭车裂。1992年,罗马教廷也与时俱进,在新版的教义填上一段,专门描述这七宗罪,要求生活在商业时代的教徒们抵制诱惑,修心自律。

奥斯陆大学社会人类学家阿奇蒂说,挪威人很重视意识形态,强调平等,敌视特权,富翁的孩子跟泥瓦匠的孩子也应该上同样的学校。挪威人认为自己的生活品质在全世界最高,而平等意识则是挪威人生活品质的重要构成。因此,至少在挪威人的意识里,炫富是在现代社会中日显威胁的第八宗原罪。

由此,我想到卢梭在两百五十年前写的《社会契约论》,想到八十年前发生在纽约的那个契约故事:一位六旬的老妪因偷面包被面包房老板告上了法庭,她说自己之所以要偷,是为了不让家里孩子们饿死。法庭依法做出判决:交10美元罚金,或蹲10天监禁。老人既悔恨又无奈,她说她如果有10美金,她就不会偷面包了,她愿意蹲10天监禁赎罪,但家里的三个孙子怎么办?这时,旁听席里有一位男子站起来说:"请您接受10美金的判决。"随后摘下帽子,往帽子里放了10美金,并对在场的人说,"我是市长拉瓜迪亚,请每个人为我们每个人的冷漠交50美分罚金,处罚我们生活在一座让奶奶偷面包喂养孙子的城市。"

中国一再提倡和谐社会,"炫富"不仅是不和谐的声音,而且破坏和谐,"仇穷"进一步刺激贫富的对立。除了"炫富"还有"藏富",尤其是官员的"藏富"同样是罪,对社会和谐来讲意味着更大的威胁。推动廉政建设,净化社会风气,虽不能彻底杜绝腐败,至少是一个有希望的开始。

高卢雄鸡

　　20世纪80年代末我在中国音乐学院读研究生时,结识了一位女学友杨红,如今已是音乐学界的知名教授。杨红是地道的山东姑娘,大手大脚大嗓门,爱说爱笑是圈内一绝,不管讲什么,她都绘声绘色并带着幽默,马三立的女版就是她。笑的时候,不笑也弯的笑眼笑得更弯,嘴张得虽大,但含蓄的愿望又让她有意无意地绷紧圆唇,形成了一个连通后脑的共鸣腔,音从声带里挤出来时本来尖细高扁,但在撑圆的舌膛里转几圈之后再吐出来,奇迹般的变得宽圆脆亮,穿透力极强,即便唱流行歌曲也夹着戏曲味。

　　1991年,杨红从法国开会回来,我们全都磨着她,听她撒欢儿地讲那边的故事。那年月出国很难,要去也多是去美国、日本;杨红从罗丹、大仲马的国度回来,让我觉得她像登月的女杰。再者说,那时候即使有朋友出去了也一去不返,所以留在国内的人很少有机会听第一手见闻。杨红讲的不仅是第一手,而且还是关于我最感兴趣的欧洲人的。有一个情节我记得很清楚,杨红说,她住的地方有位邻家小伙,晚饭后经常过来串门,不仅拎着红酒,而且还抱着吉他,还没喝到微醺就跪到她脚前给她唱情歌,把杨红唱得既心花怒放,又如坐针毡,喜欢得不知道该如何反应……她紧张不仅因为没经过这场面,还因为她当时的丈夫、旅法画家王衍成就坐在旁边。早就听说欧洲人浪漫,杨红用她戏曲味的嗓音讲的那个小心跳的故事,更加敲实了我的这个印象。

后来,我移居来到了匈牙利,马扎尔人虽热情热烈,但并不像我想象中那样浪漫,他们在性情、气质上更像蒙古人和达斡尔人,酗酒便是他们言情的方式,恋爱之前喜欢用成年人的笑话挑逗探底,恋爱之后则会无须前戏地直奔主题。想来,这跟他们游牧民族的历史有关:人的许多东西,确实是由基因决定的。

有一年冬天,好友吴明来布达佩斯旅游,在刚下飞机的第一天晚上,就被我的一位匈牙利朋友拉到他住的小村庄里,吃了一顿肉加肉的大餐,然后去了一家小酒馆。酒馆很小,正中摆一张能围坐二三十人的巨大酒桌,我们贴墙而坐,都是男人。按照当地的规矩,在酒馆里给客人接风,老婆们是不能参加的,更不可能像中国人的老婆们那样敢一个电话接一个电话地催丈夫回家。即便女人们来给男人们送吃的东西,也只能在酒馆或酒窖门口大声吆喝,叫哪个男人出来。在政坛、商界可以男女平等,但在这种地方不行。

不过,在酒馆里头,男人女人虽不平等,但男人之间却相当平等。就拿那天晚上来说,在场的有小镇上的富商、律师、医生,也有农夫、屠夫和酿酒师,在酒桌上没有人拿堂拿派,更不会有谁西服领带。一圈白葡萄酒,一圈红葡萄酒,一圈水果白酒,再一圈乌尼苦(Unicum)药酒,桌子上没有下酒的菜,但是有大盘大盘的咸油渣和抹了猪油、撒了洋葱圈的面包片。社会上时髦的养生饮食,在这里变成了天大的笑话,《红高粱》里的豪饮是导演导出来的,这里的豪饮是日常小景。男人们一边喝酒,一边手舞足蹈地大合唱,还有一位酒糟红鼻头的老人拉手风琴,兴致上来,不仅摞住旁边人的膀子,还有人穿着沾满泥巴的靴子站到椅子上跺脚。酒馆外白雪皑皑,酒馆内热得红彤彤的,如太上老君的炼丹炉。

在回布达佩斯的路上,吴明中途跳下车,抱着一株枯树喷射性地呕吐。吐完之后清醒了一些,他弯腰抓起一把雪朝脸上一抹,说:"匈牙利人真他妈的浪漫!"的确,匈牙利人是浪漫的,尽管浪漫得跟法国人不一样。

在布达佩斯,我跟一位在大学任教的法国人聊天,从他脚上穿的法国的运动名牌"公鸡"的鞋子,聊到了他们为什么要拿公鸡当作吉祥物。朋友的回答令人喷笑，他说："因为公鸡站在粪便里也能唱歌。"说得既哲学又幽默，让我不得不另眼看待。后来，他又聊到兰波写过的一首诗，歌颂公鸡的：

> 每当高卢的雄鸡报晓时，
> 我向它致意。
> 噢！我再也没有什么欲望：
> 幸福正负载着我的生命。
> 魅力捕获住我的灵与肉
> 并挥洒我的努力……

我按照中学语文教师解读鲁迅杂文的逻辑，不假思索地认定这是诗人献给他伟大法兰西的诗句，后来听了朋友的解释，我先被噎了一下，随后拍桌子叫绝。朋友认为，那首诗是兰波写给魏尔兰的情诗，准确地说，是怀念魏尔兰给过他的幸福，他认为诗里说的"高卢公鸡"是有性意味的……那次闲侃，让我对法国人彻底心服口服，他们不仅浪漫，而且是自由的浪漫，艺术的浪漫，人性的浪漫。回家后，我查到了朋友提到的那首《苏醒》，诗的最后两句是：

哎，幸福溜走的时刻，

就是死亡到来的时刻。

一切已成旧事，今天，

我懂得了毕恭毕敬地善待美。

　　的确，朋友并不是信口开河，他说得有理，这首诗是写给逝去的幸福的。于是，通过这次聊天，我对兰波诗歌的理解又添了一个视角。

　　上星期，我去坐落在巴拉顿湖畔的"匈牙利翻译之家"小住了几日，顺便参加一个活动。在水天相接的碧绿湖畔探讨文学翻译，实在是一种身心享受。同时在翻译之家工作的还有一对年轻夫妇，男的是西班牙人，叫塞尔吉奥；女的是匈牙利人，叫维伦妮卡。夫妻俩在联手翻译匈牙利作家克拉斯诺霍尔卡伊·拉斯洛那本著名的东方文化游记——《北边是山，南边是湖，西边是路，东边是河》。当他俩知道我跟拉斯洛是好朋友时，顿时感觉到亲近了许多；当然还有一个原因，在他们正翻译的这部书里，有一半篇幅写的是中国。

　　"翻译之家"是一座两层楼的别墅，掩映在一个草木葱茏的大花园深处。塞尔吉奥他俩住在楼下，我住在能看到天空和远山的阁楼上。由于房子大，院子大，所以我们一周也没有碰上几面。最后那晚，我跟塞尔吉奥在厨房里碰到，约好第二天我搭他们的车一起回布达佩斯。我跟他说，估计我早上醒不过来，请他起床后上来叫我一声。他一口答应。

次日清晨，我被一阵热情的歌声唤醒，迷迷糊糊地爬起床，拉开门，看到塞尔吉奥散开了平时束成马尾的长发，正抱着吉他站在门口，满脸深情地冲我唱西班牙情歌。

我站在门内冲着他笑，但他继续唱下去。我离他只有半米距离，裹在音乐里的激情让我脸上发烧，脊背放电，就这样温暖地站在门口听他把歌唱完，然后隔着吉他跟他来了个熊式拥抱。西班牙人的浪漫我这下见识到了，是杨红当年讲的那个法国邻居的升级版——不需要红酒，而且唱给同性。听维伦妮卡说，塞尔吉奥的主业是音乐教师，在一所音乐学院里教西班牙音乐，他的吉他相当于别人的手机，走到哪里都会背着。

塞尔吉奥个子不高，留了一头长长的深棕色卷发，束起来时显得瘦小，拘谨，披散在肩时完全是另外一种感觉，乍看上去像圣像画中的耶稣，不过在神情里传达出炽火般的幸福。

惩罚汽车日

　　从前每次回国，要干的第一件事就是给扔在楼道里脏成出土文物的自行车补胎打气，然后骑着它走亲访友，旅游采购。后来，家里的几辆破车先后被盗，我也戒掉了骑车的习惯，最终加入了打车族。

　　当然，丢车不足以成为不骑车的唯一理由，更主要的原因是：京城的市容变化实在太大，清静的胡同逐渐消失，代之以车水马龙的喧嚣大街，城区向外扩了一环又一环，物品凭着儿时的记忆很难再找到该走的路；另外，在北京城骑车越来越像"冒着枪林弹雨冲锋陷阵"，经常被别在闯灯抢行的车轱辘下，或被卡在互不相让的汽车阵里……偶尔看到那些刚到北京、尚不知深浅的老外骑着从别的留学生手里买下的N手"28永久"在街上兴奋地东张西望，既佩服他们的勇敢，同时也为他们捏把汗。

　　我认识一位匈牙利女学生，几年前到北京语言文化大学留学。她第一天骑车上街，就在蓟门桥附近被一个骑势凶猛的大老爷们儿刮倒，膝盖蹭破了一层皮。对方非但没跟这个初来乍到、巴不得有机会练汉语的外国妞道歉或表示关心，反而横眉立目地硬说她骑车不懂规矩，把他的新车撞坏了，欺生地硬敲了她五十块钱，然后飞腿上车扬长而去。倒是这个留学生女孩的车轱辘被撞变了形，只得一瘸一拐地推着它返回校园。

类似的事还发生在我小舅身上，他一个七十多岁的老人，有一次在路上被一个中年妇女刮倒，结果还被点着鼻子索走了一百块，从那之后，我小舅干脆戒掉了骑车。想想这事实在酸涩：一个曾经的"自行车王国"的公民居然因害怕"碰瓷"而不再敢骑车……这种事情——我敢肯定——在欧洲是不可能发生的，恰恰相反，在欧洲骑车受"贵族"待遇，不仅有平坦宽敞的自行车道，路边有专供锁车的铁栏免费停车，并且还有自己的俱乐部、旅行社、协会，甚至法定的节日。

特别是在荷兰，自行车在当地人的交通生活中倍受恩宠。据统计，荷兰人每年平均骑自行车的里程超过了火车，几乎是汽车里程的一半。通常来讲，5公里以下的路途，荷兰人骑车而不开车。即使这样，政府仍不满意，还通过各种手段——比如"自行车大师计划"和"国家自行车规划"——鼓励本国人骑自行车；既节省能源、缓解交通,又清洁空气、锻炼身体,可谓一举多得。这跟致富的北京人恰恰相反,北京骑车的人越来越少,开车族们到胡同口打瓶酱油都要挂挡给油,城里不要说开车比骑车慢,甚至还赶不上两条腿……

荷兰人不然,他们觉得骑车拥抱自然,享受自由,很潇洒很健康很贵族。荷兰全国,到处都有自行车维修部、租车店、存车处,还有让人难以置信的城际自行车道。荷兰境内总共有10万公里柏油路,其中2万公里汽车公路,20公里与汽车道分开的自行车道!而且每年越铺越长,增设便宜的存车处也被列入政府规划。

自行车旅游是荷兰一大特色,自行车旅行图几乎精确得以厘米计算,标出每条车道、修车铺和休息场所,修车业在荷兰永远是铁饭碗。荷兰人不仅举家或结伴在国内骑车旅游,甚至骑到欧洲大陆其他角落。匈牙利的"多瑙湾单身族自行车游",组织者就是荷兰人。有些大学生勤工俭学,还突发奇想,仿照中国的三轮车发明了"自行车出租车"。

租车店在荷兰各个城市随处可见。20个世纪60年代,当中国推行"大跃进""大锅饭"时,荷兰掀起过一场自行车主义的嬉皮运动,发起人号召市民将自行车漆白,放在街上共同使用。需要的时候在街上拣一辆就可随便骑走,不用的时候就随手靠在街边……当然,这种乌托邦式的自行车运动很快失败了,荷兰人再富裕也还没富裕到消灭私心的地步。嬉皮运动虽然过去了,但自行车与政治的联系愈加紧密,用各种各样的计划在自行车族中间拉选票,是每次大选的重要话题。

近几年,匈牙利人也仿效起荷兰的"自行车政治",布达佩斯市政府不仅投资扩建自行车道,而且还在每年9月20日左右的那个周末,在市政府的支持下搞"无车日",数以万计的自行车爱好者聚集在首都,城里封桥封路,给自行车让道,布达佩斯在这一日变成了骑车者和步行者的自由乐园,他们对着英雄广场的天使纪念碑,对着隔河相望的议会大厦,对着没有汽车的绿色城市一起将自行车举过头顶自豪地示威……在这个"惩罚汽车的节日"里,开车的人能不出门就不出门,如果非想出门,只有一个选择:也去买一辆自行车。

人像模特

六月中的一个午后，在从布达佩斯开往巴拉顿湖的列车包厢里，我习惯性地从书包里掏出一个小本子，准备记下刚才转地铁时突然想出的一个细节，打算补写到一篇小说里。

匈牙利没有动车，更无高铁，曾经推出的IC（城际直达快车），也因为铁路公司经营不景气而跟快车合并，IC不再是IC，只是挂在快车后面几节相对干净一些、开放式、要买座位票的IC车厢而已，一路上该停停，该等等，唯一的好处是肯定有座。

车厢颠得很厉害，圆珠笔尖在纸上抽风似的滑动，字不仅大得走了形，而且不时出现心电图般的波峰和波谷。我自己跟自己摇头咂嘴，心情烦躁地合上本子，将眼镜摘下放到小桌上，侧过脸朝窗外的风景望去：房屋渐稀，视野渐绿，由于玻璃很脏，阳光穿透双层玻璃时进行了复杂的折射，仿佛在窗上蒙了层雾，铁路旁的风景模糊不清。借着窗户的反光，我注意到包厢里只有两个人：我和坐在斜对面的一位中年妇人。

我发现她在打量我，这让我突然感到烦躁。性格的缘故，我平时不喜欢在电梯、楼道、车厢里跟陌生人寒暄。我低下头重新打开本子时，故意避免与她目光相撞。尽管我眼角的余光只能扫到她脚上的那双旅游鞋，但还是认定她在盯着我。我想继续刚才的思路，但笔尖开始生涩卡壳。写了几行，我又合上本子，就在这时妇人开口问了我一句："你是画画的吗？"

出于礼貌，我并不很乐意地抬眼与她相视一笑，告诉她"不是"，顺便好奇地打量了一下对方。这是一位四十岁上下的市井女人，衣着虽不入时，但显得大方利索，不过在气温30℃的日子里，她脖子上的纱巾显得多余；两手规矩地放在膝头，好像故意露出腕上的镯子，其中一只手紧紧攥着显示屏有裂纹的旧手机。

"对不起，我以为你在画画呢。"妇人笑得虽然和悦，但也有些古怪，神态像是口吃的人，张嘴挤眼，欲言又止。

"我没画画，在写东西。"边说我边把本子摊给她看，好像是说：你看，我不是在画你。之后又觉得自己好笑，我这是第一次抬头看她，怎么可能是在画她？为了削弱自己这个解释性动作的无趣和被动，我用略带敌意的语调反问："您为什么要问这个？"

"我只是猜测，"她依旧微笑地耸了下肩，"你的头发很长，拿笔的样子也很特别。"

我看了一下自己的手，妇人观察得确实很细，因为列车颠簸，我握笔的位置不仅很低，而且五个手指拢在一起抓着笔尖，好像捏的是一根炭精条；尤其是中文草写，动作幅度要比写字母大得多……就在这一刻，我心里生出一丝羞愧，似乎我们俩的位置颠倒了过来，我是坐在车厢里麻木的游客，她是一位细心观察的作家。

"怎么，您是画家吗？"我的声音变得柔软，好奇。

"不是，我是模特。"她迫不及待地回答说，好像等我这个问题已经等了很久，神情里流露出自豪感。我仔细打量她，她跟雕塑一样一动不动，像是帮我在视网膜上形成更清晰的影像。她随后又说："有位画家说，我是很好的人像模特，因为我脸上有许多坎坷。"

"是吧。"我点了下头表示同意。她若不说，我确实想不到，但她一说，我又当真觉得这张脸有些特别，尤其是微侧的角度，鼻鞍和颧骨间那条连线的曲度很好看，很深，但不是没有力量的那种塌陷，而是有弹性与加速的弧度；还有她的唇，很薄，很敏感，嘴角有点下撇，又不是因疲惫而麻痹的那种……总之，我不禁佩服起那些有眼力的画家来。乍看上去，这是一个极普通的女人，但细看她的面孔不空。想来,欧洲人画人像绝不像中国导演挑女演员那样不留瑕疵,欧洲人像的美是个性的美,而中国的美人是共性的美。

接下来不等我问,她就开始讲起来,感觉我是在采访她。她说她父母都是农民,十九岁时跟着一个男人私奔,在布达佩斯做小买卖。后来男人欠钱跑了,她没脸回家,一个人在城里租了间房,当过清洁工、保姆、刷碗工,还在福利院照顾过老人。三十岁时生过个孩子,但没有钱养,就让男人带走了。她虽然知道他们住哪儿,但不想去找。前两年,她给一个庭院打扫卫生,院里有个搞摄影的问她:能不能给她照张相?她高兴地答应了。没想到照片上了杂志,她还得到一点报酬。后来,摄影师介绍她到美院当模特,当然是在工作之余。

"你看,我刚丢掉一个工作,就有人请我去当模特。在白城有一个夏令营,我在那里不仅可以白吃白住,还可以拿工资。我喜欢干这个,"她接着又说,"你知道吗?我这辈子遇到的所有男人加到一起,也没像那些画画的那样好好看过我。"

吻疗

从布达佩斯飞回北京,途中在维也纳转机。四个小时的无聊等候,把平时最烦逛店的我,搞得像中了邪似的拖着手提箱在免税店里无目的地瞎逛,只为活动坐麻了的腿脚。转一趟两趟还好,转得次数多了,就会变成可疑对象。好几次,我刚无意识地抬起眼皮,视线就跟金发碧眼的女店员碰到一起,即便她脸上挂着职业的微笑,也难以掩饰对我警惕监视的动机。我感到尴尬,但又没法解释;如果扭身离开,更会显得不明不白,像是作案未遂溜走似的。于是,我故作沉着地站在远处,站在品种不多,但也算琳琅满目的货架前思忖,决定买一件可以送人的纪念品,反正在国内我朋友很多,带多少礼物都不会嫌多。

莫扎特巧克力虽是特产,但三伏天带回去很容易化;送烟不是我的风格,送酒我会送匈牙利酒;送香水显得过于私密……掂量来掂量去,还是决定买样日常能用的东西，比如印有克莱姆特绘画的布袋、烟缸、画盘或茶具。克莱姆特主题的商品不少，但图案只有两三种，不外乎那位手提人头、祖胸露乳、眼皮粘连的女英雄或两手抱在胸前、大眼圆睁、披金带银的阿黛尔，再有就是那幅跟莫扎特头像一样妇孺皆知的《吻》了。我没有犹豫，就买了两只在白陶瓷上印了《吻》的大号茶缸。

出国之前，我只吻过情人，出国之后，我学会了用不同的方式吻很多人，很多值得我用不同的方式去爱的人。吻，不仅能吻唇，还能吻脸吻手吻额头吻某一部分身体；吻脸的时候，有时一侧，有时两侧，有时左右左地会吻三次，有时根据不同民族的习惯，有时根据即时的情绪，学会吻后，省去了许多言不达意的表白——吻唇示情爱，吻额示亲情，吻脸示友情，吻手示尊敬，吻脚示膜拜，吻十字架表示对神的敬畏……吻，跟人类同龄。如果达尔文的理论成立的话，那么人还是猩猩时就会接吻。看过一个《国家地理》节目，不但猩猩接吻，还居然跟骑士一样吻同类的手。

在匈牙利，无论是小男孩遇到成年女性，还是老男人遇到年轻女子，他们在见面和分手时都会礼貌地说一声："吻您的手！"当然，通常是光说不练，如果你真抓过人家的手低头吻了，多半被当成神经病。想来，这句话是旧日流行的"吻手礼"遗迹，就跟北京人习惯问"吃了吗"，不过是一句寒暄话，相当于说"您好"，"再见"，表示对异性的绅士派尊重。

上个月，有三位女作家来布达佩斯，我带她们去国会大厦见了担任总理文化顾问的诗人苏契。苏契在金碧辉煌的会客厅门口等候，并接过她们为握手而伸过去的玉手，逐一捧到胡子拉碴的嘴边行吻手礼。我看他吃力弯腰的样子，真担心老先生的眼镜会掉到她们的手腕上。啥叫文化差异，这算一个吧？吻手礼在欧洲不流行了，只有苏契这类的老派绅士还习惯这样。

有人认为，唇吻源于远古时代的嘴对嘴喂养，就跟鸟类一样，母亲用嘴嚼碎食物喂到孩子口中。也有人认为，源于原始人在洞穴里互舔额头，为的是用汗水补充盐分。如果真是这样的话，那么原始人迷恋的不是相貌最好的人，该是体味最好的……除了上述的实用性原因，我觉得接吻更该源于情感表达。婴儿从一生下来，眼睛还没睁开就有吸吮反射，噘着小嘴找乳头。从立体超声检查看，胎儿在娘肚子里就会吸吮，说唇是身体最敏感的部位之一，吻是表达情感方式之一，肯定没错。在国外，我每每看到外国小孩子成天嗲嗲地搂住大人的脖子用亲吻表达对父母的依恋，真让人羡慕嫉妒恨啊。

　　莫泊桑说"吻只是爱的序曲,但又有着非同寻常的意义,是一段总需要重复的导言,使爱成为一本能被读懂的书。"言外之意,吻是抵达精神交流的肉体方式,人们在吻中感到心灵的共生与交融。柏拉图对吻大唱颂歌,将它上升到"精神哺育"和"灵魂交流"的高度。如果你有过出于真情接吻的经历,肯定认为柏拉图的注释是何等正确。吻是嘴对嘴的呼吸,是精神能量的交替,甚至让人重生。不过,柏拉图式爱情也另有注释,智慧的长者与少年亲吻,也被古希腊人视为一种教育的方式。

　　性爱中的吻,晕眩是最高境界,晕眩中我们将全部感知都集中到自己身体的内部,专注于与性爱有关的情感滋生,让我们能看到自己体内烬火的复燃,所有的烦恼、畏惧、忧郁和身体的病痛都暂时烟消云散。难怪性学家金赛说:"吻意味着一种有教养的、细腻的文明习惯。"

　　保险专家说,每天早上出门前接吻的人,交通事故的发生率会降低。科学家说,接吻是动用29块肌肉,能延长人三到五年的寿命。医生说,吻可以协调脏器功能,增强免疫力。心理学家说,吻可以排解孤寂,释放焦虑,即使你无人可吻,也可在想象中亲吻。

当然，谁都不如莫泊桑说的好："吻是我们最有效的武器，我们要经常擦拭它，别让它生锈。"是啊，我也想这样，日复一日，拿吻出击，拿吻养生，拿吻疗伤。

无神论的神

像我这样出生在"文革"时代的人，从小就被灌输地接受了无神论，尽管长大以后在坎坷的时候，也曾萌生过希望有神并能信神的念头，但仅仅是某一刻的念头而已，绝无更多；这种念头就跟国内不少人讲风水、拜庙观、烧香磕头的心理相仿，与其说信，不如说希望，与其说寄托，不如说侥幸，核心的动机是：万一真的灵验呢。

出国时间越长，我越发现上帝在这块大陆上无处不在，在文学、艺术、风俗、历史、建筑、风景、人名、街名，甚至酒名、公司名等方方面面，可以这么讲：一个不读《圣经》的人生活在欧洲，相当于患有严重的弱视弱听，即使学会了人家的语言，也未必能够与人家交流。因此，为了不做边缘者，我囫囵吞枣地读了《圣经》。说是读经，其实是当故事书读的。

或许正是出于这样的心理，当我读匈牙利散文家哈姆瓦什的《葡萄酒哲学》时才备感轻松，备觉亲切，因为他在开篇的第一句话写的就是："我决定,要为无神论者写一本祈祷书。因为我能体会到那些深受我们时代贫瘠折磨的痛苦之心,并希望借助此书帮助他们。"

他说的痛苦是战争的痛苦,他说的贫瘠是希望的贫瘠。要知道,哈姆瓦什在写这本书时正值二战的尾声,匈牙利在被德军占领的情况下被迫放弃中立与德国结盟,结果在前苏联红军的空袭下,布达佩斯被炸成了一片废墟,布达佩斯人都钻进了地下室,每个人身上都带着某种死亡的气味,房子要么变成了瓦砾,要么被硝烟熏得乌黑。

然而从哈姆瓦什的书里,我非但没有闻出战火的硝烟,反而嗅到了一股消费社会的小资味,可见葡萄酒的魔力有多大,能让一个思想者彻底地悬在真空里,他借助葡萄酒逃避真实;换句话讲,用葡萄酒的真实隔绝生活的真实。哈姆瓦什·贝拉是匈牙利的陶渊明,他的苦痛表达不在于控诉,而是在对现实的逃避上,将自己的全部触角指向自然,沉湎于个体对自然的感知和享受。

既然作者说是祈祷书,那也该为无神论者立一位上帝,所以他在书里说:"我很清楚自己的使命是多么的艰巨,我也知道'上帝'一词不该轻易脱口,谈论它时,我必须借用其他的词汇,比如说'亲吻'、'迷狂'或'炖火腿',不过我更愿意选择这个极品词汇——葡萄酒。"

在一个炎热的夏日,哈姆瓦什冲了个澡,吃过午饭,坐在果园里的一株核桃树下,坐在酒窖旁的石头地上惬意地眺望巴拉顿湖。葡萄已经熟了,葡萄酒的醇香令人醺醉,他突然像坐在菩提树下的释迦牟尼一样恍然顿悟:葡萄酒确实跟上帝有共同之处,即无从效仿、无可替代的唯一性。

在我看来,立葡萄酒为无神论者的神还有一个理由,那就是无论品饮葡萄酒,还是敬奉上帝,都少不了虔诚、投入的仪式感。当然,饮酒的仪式感无须像敬神庄重严肃得令人窒息,但也需要屏气静心,存感恩之心,需要一些必要的知识储备,一些细碎的享用程序,一些平俗而温暖的交流,一些并不成为负荷的对人对己对酒的敬重与关心。要知道,现实世界里,日常生活中,这样能够让我们参与的形式实在很少,尤其是在砸烂传统后的中国。因此不难理解,舶来的生活方式;会让一个人群沉溺于小资;现学现卖的礼仪,能让没见过世面的人也产生出贵族血统的幻觉,并由此升华出非理智、非洗脑、非大众的意外欣悦。

当然,不只是哈姆瓦什,波德莱尔也曾将葡萄酒与神做比:"酒之深沉的快乐啊,有谁真的认识你? 假若一个人有需要疏解的怨悔、需要追思的回忆、需要抚平的伤痛或想要建筑的空中楼阁,那他必定会乞灵于你——

你这位高深莫测、隐卧在葡萄藤中的迷醉之神。在内源的灵光照耀下,酒的圣体是多么伟岸! 人类从他身上汲取的另一季青春……"

由此,我们可以推出哈姆瓦什的结论:在末日审判之后,在人类灭绝之后,世界上最终剩下的只有他们俩,上帝与葡萄酒——有神论的神与无神论的神。

双胞胎

久尔吉生了一对双胞胎,而且是同卵双生,两个金发绿眼的儿子。每次我去他家串门,看到两个半大小子总摽在一起打打闹闹,嘀嘀咕咕,如影随形,好叫我羡慕。不要说外人分不清他俩,就连久尔吉有时一不留神也会认错。

我上小学时,年级里就有对双胞胎,两人总是一致对外,很让人羡慕,惹得我也做起了双胞胎梦,梦想能有个双胞胎兄弟,两个人总能一起上学,其中一个被欺负时另一个总能在身边相助,我太老实,不打架不骂人,老师再怎么表扬我,我都觉得是一个缺陷;稍大一些,我的幻想是,我不高兴的时候他也陪我不高兴,他发烧的时候我也陪他一起发烧,少年的孤独感有诗意的美;上高中后,有了成年人的狡黠,觉得有个双胞胎兄弟好处在于,一人学文,一人学理,高考时互相替代考试;再长大些,就有了欲望,幻想一个找到女友,两个都不寂寞,或各自都有女友,两人默契偷情;出国后,则想象一本护照两个人用……

我自己分析,每个人都有自恋情结,我的双胞胎梦想或许是这个情结的外化吧,爱一个跟自己一模一样的双胞胎兄弟,自恋也变得理所当然,爱他人等于爱自己。上大学时,我还真认识一个双胞胎弟弟小马,当年我来匈牙利,就是受了他的鼓动。他跟他的哥哥是异卵双生,模样、神态虽然都像,但小马的个头要比他哥哥小好几号,而且性格上的差别也相当大,小马是个异想天开的梦想家,他哥哥是个很接地气的生意人,小马喜欢呼朋唤友做圈子里的中心,他哥哥习惯默默做事,不声不响,跟弟弟在一起时也愿意当配角。不过听小马讲,他跟哥哥是有感应的,有一次他正在学校里考试,突然心烦意乱,没有缘由地就是想回家,于是他没有答完考题就撂下卷子离开考场,连监考的老师都揪不住。他心急火燎地蹬车回家,得知哥哥刚被车撞了,已送到医院……人与人有心灵感应,双胞胎是最直接的例证。

跟小马在一起时,总听他提起双胞胎哥哥,听他讲一些千奇百怪的神秘感应,我恍惚觉得他是武侠小说里的某个人物,有神灵附体,肯定有我不知道的本领。后来读了柏拉图的《会饮篇》,对他从羡慕上升到嫉妒。想来,双胞胎的人从生下来就知道自己的另一半在哪儿,注定不用忍受寻找中的孤独。

在美国的俄亥俄州，有一对刚出生不久就分别被人收养的孪生兄弟，三十九岁那年，兄弟俩第一次团聚在一起。奇怪的是：他们俩都叫詹姆斯，都受过执法训练，都喜爱机械制图和木工，而且他们各娶过一位名字都叫琳达的妻子，各有一个儿子，并且儿子都叫詹姆斯·阿伦。更奇特的是，他们俩不仅都又离婚，而且后来又各娶了一个叫贝蒂的女人……不过这个故事有一点让我嘀咕，难道双胞胎的心灵感应还可以传染？因为这兄弟俩的名字该是由他们的养父母给起的。在英国也有个类似的故事，一对双胞胎姐妹在二战的战乱中失散多年，二十多年后才有机会重逢。她们俩都带了七个戒指，儿子都叫安德鲁，女儿都叫露易丝……看来基因不仅决定双胞胎生理上的感应，还影响到他们的审美偏好。

加拿大有一部电影叫《死亡圈套》，是根据小说《双胞胎》改编的。电影讲一对双胞胎兄弟，两个人都是知名的妇科医生，他们分享彼此的生活、工作和女人。但是有一天，其中一个喜欢上了名演员克莱丽，打破了双胞胎之间的身心平衡，女人陷入了危险游戏，克莱丽想把情人从双胞胎的古怪束缚中解救出来，但无能为力……虽然我从来不爱看惊悚电影，但这个故事看得津津有味，即便是悲剧，也能体验到里面强烈、无助的情感力量。据说,这部电影是根据真人真事改编的,我在布达佩斯看的匈牙利语版,片名译得很好,叫《两个身体,一个心灵》。

从这个角度讲,双胞胎的出生也是一种不幸?如果人类的祖先真像柏拉图说的那样,他们曾拥有两个脑袋两颗心、四条胳膊四条腿,后来被神一劈为二,所以永远寻找另外的一半。双胞胎从一生下来,就有了自己的另一半,但他们既不能组成家庭,也不能成为独立的自我,同样的思维,同样的念头,同样的身体,同样反射,一辈子无论好坏都要分担,没有绝对的自我,也没有绝对的孤独。

不过,孤独是人生最大的敌人,人不孤独,无论生活好坏都是种幸福,哪怕幸福的层次有所不同。所以,双胞胎的梦,在自己身上实现不了,就把期望寄托在下一辈,因此,当我得知女友的父亲是双胞胎时,她在我眼里的魅力也增添了几分。

当然,我们也可以这么想:每个人从灵魂上讲都是双胞胎,只不过有的分离在两个体内,有的合二为一,做虚拟的兄弟。每个人都关注自己的镜像,自恋也便得到解释。

最新消息,摩洛哥王妃头胎怀上了双胞胎,好事也同时是添乱的是,究竟让谁来继承王位?罗马法规定,先生出来的就是先怀上的,而盎格鲁-撒克逊法的内容恰恰相反,再说,当代怀双胞胎的孕妇几乎百分之百做剖腹产,这个顺序怎么分? 妇产医生的那双手无形中成了加冕的手?

垃圾信箱

信息爆炸,好坏参半。铺天盖地的信息,一方面让人们拥有了越来越多获取信息的手段和渠道,另一方面也使人们沦为了信息爆炸的狂轰对象。每天上网打开邮箱,第一件事就要烦躁不安地删除无孔不入的垃圾邮件,倒发票的、卖春药的、代写论文的、用奖骗人的,还有许多莫名其妙的上访信求职信求助信……尽管邮箱增添了举报功能,可是举报的速度永远抵不过垃圾制造者的勤奋。电子垃圾如雨后春笋雨后蘑菇雨后蒿草雨后青苔,蓬勃得让人咬牙切齿,抓耳挠腮。删垃圾时还要小心翼翼,因为稍不留神,就可能删掉掺杂其中的有用信件,比如编辑的约稿、网友的来信或老朋友从新信箱发来的邮件。总之,删除垃圾邮件,是现代人每天上网后必须进行的无聊仪式。

电子信箱如此,钉在楼下门道墙上的铁皮信箱也如此。我住在布达佩斯市中心一栋住了十几户人家的百年老楼,每天上班下班,进进出出,都要跟塞满信箱的广告垃圾顽强搏斗。楼长埃米尔是位古道热肠、从未结婚、始终与老母亲相依为命的中年处男,他在邻居的建议下,在大门洞外特设了一个急救箱大小的广告木匣,并且贴上字条:请将广告放在匣内!

结果令人沮丧,总有许多忠于职守的广告散发者不厌其烦地将五颜六色的纸垃圾逐张塞进各家的信箱,只要三天不回家,信箱就会被塞得爬不进一只蚂蚁,而真正重要的杂费账单、银行信件、税务公文和挂号信通知,反被摊到信箱外,即使你想吼想骂也没有用,因为你根本找不到发火的对象,广告散发者都是隐形人,有时我真怀疑楼里有奸细。

垃圾广告五花八门:订披萨饼广告、买房卖房广告、商品推销广告、季节甩卖广告、上门按摩广告、木工电工广告、宠物美容广告、洗头液广告、血压计广告、新药广告、色情广告、宗教宣传品、区政府刊物……尤其是在最近几周,匈牙利进入议会前大选的白热化阶段,各个党派都紧锣密鼓地展开了撒网捕鱼的拉选票行动。巨幅海报、街头传单、录音电话、手机短信、公园集会、登门游说,为了争取选民可谓机关算尽。所有的党派都将自己美化成危难关头的中流砥柱,都将对手骂得狗血喷头,说得一无是处;大党之间血拼,小党从中渔利,于是乎雪片似的政治传单飞进千家万户的信箱里,拼命拉拢那些犹豫不决的中间选民。

这些天,只要我一打开楼下的信箱,宣传品就像泥沙一样倾洒一地,五花八门的竞选口号,形形色色的陌生面孔,千篇一律的造作微笑……要知道,全匈牙利人口只有一千万,居然有42个党派正式宣布参加大选!

不说别的,只罗列一串党派的名字,恐怕你就会顿时晕菜:匈牙利社会党、青年民主同盟、基督教民主人民党、匈牙利民主论坛、工人党、匈牙利共产主义工人党、市民运动组织、民主同盟、自由民主同盟、社会民主党、匈牙利社会民主党、新社会民主人民党、真正民主俱乐部、民族革命党、匈牙利人互助协会、企业家改革协会、历史协会、小农社会民主党、独立小农党、小农党联盟、农民与公民党、自由吉卜赛联盟党、匈牙利少数民族党、匈牙利正义与生活党、绿党、匈牙利绿党、绿色民主党、绿色左翼、绿色协会、团结党、中间党、盾牌协会、匈牙利现实主义联合会、匈牙利行动党、人民立场党,还有颇赶时髦的互联网民主党、手机短信民主党……看来,当选民也不是件容易事,感觉像进了中关村的"海龙大厦",要想在无数只朝你伸来的大手间选一个去向,实在有点赌博的性质。

凭着施政纲领竞选属于大党的事情,许多小党则把赌注押在起名字上。今年的匈牙利大选风云突变，左翼执政党下台，右翼反对党上台，两个老牌的中间党派全军覆没，两匹政治黑马出人意料地杀入议会：一个是公开鼓吹新纳粹思想的极右党派——"为了匈牙利更美好"，另一个则是异军突起的中间党派——"政治也可以有另一种搞法"。前者多少还喊出几句激进的口号，后者安安静静地守株待兔，有不少厌倦了两个大党争斗的选民，就是凭着这个长而古怪的党派名字，将自己的选票投给了它。

"政治也可以有另一种搞法"，怎么个搞法？

今天早上下楼时，在信箱的投信口里斜插着一张复印的传单，上面印着一个模模糊糊的老人脸，脸上也带着造作的微笑。我一眼认了出来，这是住在底层的久勒大叔，从我搬到这里他就瘫痪在床。

就在这时，我家隔壁的茹若大婶从自由市场买菜回来，一手拎着一只塑料袋。我将手里传单递给她看，并好奇地问："久勒大叔是哪个党？"

"什么党？棺材党！"茹若大婶莫名其妙地白了我一眼，"你再好好看看，这是讣告。"

秃头天使

在欧洲，我每到一处，有三个地方必去：咖啡馆、教堂和墓地。坐在咖啡馆里看人，可以通过神态和声调揣摩这个城市的情绪；在大大小小、派别不一的教堂里，可以感受某种凌驾于我们之上的神性存在；独步陵园，我从不觉得阴森凄凉，在远离俗欲的寂静里，能听到魂灵纯净的嗓音。

欧洲的墓地名人很多，你对那个大陆了解得越多，越感觉那里的公墓群贤毕集，而且不分富贵，即使国王、教皇的墓穴不在公墓，在教堂的地宫里最多也不过占一具石棺的面积，有的只是一块镶在墙壁上的石牌，不像中国的名人墓，一个人占一个陵园，一方殿宇，一侧湖畔，一片山麓，一座山头，高高在上，唯我独尊。

法国巴黎的拉雪兹神父公墓，贵族、执政者、革命者、殉难者、刽子手、艺术家、作家、移民、流浪汉和平民同在一片绿荫下安息。死亡是绝对的公平，它不会因为你富有而巴结你,也不会因为你贫穷而抛弃你,它不会因为美丽而为你延迟死期, 也不会因为你丑陋而提前召唤你,死的方式可以有千种万种,但死后的宁静是同样的,像阳光,像雾霾,像风,像季节。法国总统菲利·福尔和巴黎公社社员欧仁·鲍狄埃,科学家盖-吕萨克和通灵术发明者亚兰·卡甸,作家普鲁斯特、画家毕沙罗、歌手皮雅芙和作曲家罗西尼……他们都在那里一起经风历雨。在墓地里漫步,你会感受到人类社会最理想的和谐。难怪被称为"摇滚骑士"的美国人吉姆·莫里森、"站在地沟里仰望星空"的英国人王尔德、将心脏带回祖国的波兰人肖邦死后都要葬在那儿,还有"活时未作比翼鸟,死后方作并蒂莲"的张玉良和王守义,他俩也将去往彼岸的密道之门开在那里。

王尔德说:"世界上只有两种悲剧, 一种是得不到自己想要的东西,另一种是得到了。"他自己属于后一种。王尔德的墓离奥斯维辛集中营死难者纪念碑很近,一边是人类的不能承受之轻,另一边是历史的不能承受之重。王尔德墓碑的基座上印满了大大小小的粉红唇印,一个优雅的天使飞在石雕的顶部。据说,天使的性器是被一个性冷淡的英国女人用石头砸断的, 幸好被一位守墓人捡到,放在办公室的桌上当了许多年镇尺。假若它当年没被敲掉,现在肯定被吻得很红,这样也好，它有了自己独立的生命，高傲地俯视尘世的姓名。

莫斯科的新处女地公墓，最动人的是卓雅墓。卓雅和舒拉，是我们跟父辈共同的偶像，故事虽血腥，但有战争时代的美。卓雅的雕像美得动人：她挺着胸脯，仰望天空，双腿微屈，仿佛腾空，衣襟被撕开，露出年轻的乳房。卓娅在执行任务时被德军逮捕，不但遭到强暴，死后还被残忍地割掉一侧乳房。这尊铜像说是想再现十七岁少女被纳粹绞死时无畏的样子，但我看到的并不是死，而是生，看到女英雄自豪地复活，优雅地升天。

在距巴黎30公里的奥维尔，那里的一切都跟梵高有关：教堂、旅馆、墓地和麦田。实话实说，尽管麦田里立有可供参照的梵高作品，但我仍难从眼前的风景里找到多少相似之处，麦田并不像"海洋一样无边无际，美妙的黄色，柔和的绿色"，天空也没"带着美妙的蓝色、白色、粉红和紫色的调子"，左顾右盼，甚至连乌鸦都看不到。想来差别不在于景物本身，而在于眼睛。梵高画的，是只有他想看到且看得到的。奥维尔公墓就在那片麦田旁，满眼墨绿，寂静无风。在一堵铅灰、斑驳的石墙根下，立着一对很不显眼的矮碑。棺盖上爬满了墨绿色藤蔓，墓碑后开着几枝猩红的野玫瑰。从远处望去，两座碑像从一个双人睡袋里钻出的两只脑袋。他俩不是夫妻,而是兄弟——梵高和提奥。提奥呵护了梵高一辈子,死后也离开妻儿与兄长做伴。梵高对世界的爱多少是自私的,他生活的中心始终是个人的艺术感受与追求,提奥的爱绝对大度无私,是人世间更伟大的手足情。

最让我感动的墓地故事发生在罗马的新教公墓。在济慈墓旁,共眠着曾与他情同手足、生死相随的画家好友塞维恩。当年济慈在塞维恩的陪伴下离开雾都去比萨养病,没想到途中病逝在罗马。直到诗人咽气,塞维恩时刻守在他的身边。后来,在亲手为朋友下葬五十六年后,他重返罗马与他相伴。诗人的碑上雕着六弦琴,画家的碑上雕着调色板。在两座墓碑之间的后方,还有一块很小很小的石碑,那是塞维恩的一个早夭的婴孩。不知为什么,望着这三座墓碑,我忽然感觉自己发现了一个秘密,萌生出一个几乎让自己落泪的莫名念头:这个婴孩并没有死,肯定活在某个只有这对挚友才知晓的无人岛屿……而且,除了他们只有我一个人知道:这个孩子是他俩生的。济慈的碑文,也是他的遗言:"此地长眠一人,其名以水写成。"在我看来,诗人说的"一人",就像基督教中"圣三位一体":诗人、画家、友谊。这是世界上最高贵的友谊,是人类曾经拥有,却又失去了的美好情感。

秃头天使

墓地里的这位秃头天使让我忍不住站下来摸他。
我头一次知道：秃头是一种孤独的语言。

（摄影：余泽民）

空中教堂

拉斯洛神父是位摩登神父，
朋友魏翔与他是邻居。

（摄影：魏翔）

歌德与席勒是忘年交,不仅生前住得很近,死后也一起葬在了魏玛的公侯陵。席勒英年早逝,贫寒的妻子把他葬在一个平民的合葬墓穴,以至后人分不清哪个是诗人的遗骨。二十年后,歌德出于怀念,从墓穴里挖出的一堆头骨中挑了一个最大的捧回家,把它葬在魏玛最尊贵的公侯陵内。歌德死后,没跟家人葬在一起,而是安息在席勒身边。雪莱曾说:"死亡是这般庄严、安详,如同这静夜温柔无畏;像一个在墓上玩耍的好奇孩童。于是我想:死一定掩盖了诸多神秘,不知人类是否真有美梦存在?"其实诗人是知道的:在寂静的地下,藏着人类最神秘的梦——友情。

布达佩斯八区有一座凯莱佩什公墓,铁幕时期统治匈牙利达三十多年之久的铁腕人物卡达尔与他的政治掘墓人——体制剧变后的首任总理安陶和睦为邻;大诗人裴多菲阵亡后葬身何地无人知晓,但他的家族墓低调地隐在墓园深处。更让我喜欢的是,欧洲的墓园个个像一座雕塑公园,凯莱佩什公墓也不例外,许多雕塑都出于名家之手,许多石质的生命在述说哀痛,却喑哑无声。

不少墓碑都有天使守护,绝大多数天使都卷发、长翼、可爱、童真,像神遣的一团团云或空气。只有一位天使是成年汉子,健壮、裸体、收翼,抱膝,而且秃头。我是无意之中看到他的,但看到之后就走不动路,我忍不住摸他,触他,跟他说话,我头一次知道:秃头是一种孤独的语言。他有金发,剪掉了,他感觉肌肤外的一切都是面具;他有翅膀,却不飞,因为地下埋了他眷恋的人;他有故乡,不愿归,他怕孤独会失去意义;他有泪水,不敢流,他知道自己的身体也是泥捏的。

我很喜欢那个秃头天使的石雕,每次去,我都会围着那座墓端详好久,墓主人是谁我并不知道,但能有这个天使哀痛的守护,我相信是一位值得尊敬的人,一位拥有丰富尘世情感的人,一位有爱并懂得表达爱的人。

国内的公墓,能拿出来跟欧洲墓地比较的是北京西山脚下的万安公墓,虽然不是雕塑公园,但也名人荟萃,朱自清、曹禺、李大钊、董竹君都葬在那儿。我外公购置家族墓时,万安公墓刚刚建成,他将原配巢模和长子谢勘葬在那里,碑文是他亲手写的。谢勘是"三一八"惨案最年轻的烈士,牺牲时才十六岁。我的外婆王玉茹是外公的续弦,为他生育了四个儿女,仙逝后回到了外公身边。后来,那里又添了一块我父亲的碑,碑上的字是我写的:"怀德维宁",还有父母的名字。按照习俗,父亲的名字是黑色的,母亲的名字描成红色,夫妻俩阴阳相隔,仍彼此厮守。马尔克斯说,父母是隔在我们和死亡之间的帘子,那描红的三个字,就是我的最后一道帘。每次扫墓，一家人都在墓碑旁合影，我心里都很怕，怕有一天母亲的名字也变成黑色，我和弟弟会变成孤儿。

空中教堂

匈牙利人形容一个人身心合一、气朗心纯，通常爱用"干净"一词。有学生问我，在这种情况下，能不能把这词译成"清纯"或"纯洁"？我说不妥，因为在中文里"清纯"多指率真的天性，"纯洁"多指纯净的品质，而匈牙利人说的"干净"，则指二者兼具的洒脱气质，所以我建议把它译成"干净气"。

佐利就是一个浑身都透着干净气的小伙子，两年前我去剧院看一位朋友演出时偶然认识，在剧院的吧台上他主动跟我搭话，很自然地跟我聊起了我感兴趣的话题——当代文学和现代舞。一周后，他来电话邀我参加他的朋友聚会，我这才知道他是一位业余的传教者。要在以往，我对当地活跃的传教活动总采取回避态度，并不单单是信与不信的问题，而是我不愿接受原罪说的沉重，更喜欢把宗教视为哲学文化。但佐利跟我以前遇到过的所有牧师不同，与其说他靠共同的教义将信徒们积聚到一起，不如说用他纯净的人格。

佐利三十出头，潇洒俊朗，快活却不疯，幽默却不俗，聪明却不冒，真诚却不憨，能温能烈，动中有静。他的那帮朋友也大多像他，即使研经的时候，也绝无沉闷和迂腐，跟他们一起不仅快活，而且能天南地北地畅所欲言。在那个圈子里，无论倾诉还是倾听，都是一种过瘾的享受。

慢慢地，我喜欢上了参加他们的沙龙聚会，那帮年轻人争论的话题也实在很广，比如说，有一次他们讨论的话题是《圣经》里的幽默，自认为不乏幽默的我，也对他们的幽默和关于幽默的学识敬佩得五体投地。还有一次他们讨论避孕、流产、同性恋等对天主教来说极敏感的话题，不管有没有讨论出结论，他们的思考后的坦诚和不狭隘的认真，很打动我。想来，在拜金的时代，能这样唯心地谈爱、争论信仰的年轻人确实不多了，尽管平时他们也都是现实生活里的奔波者，但至少他们聚在一起，可以制造出一个场，共享一种精神生活。尽管我是这群朋友中唯一顽固的无神论者，但在争论的时候，他们从未让我觉得自己是少数者，相互的关注与尊重，让我感到温暖舒服。

周六，佐利又邀我参加他们的聚会，地点是议会大厦旁边的卡夫卡咖啡馆。熟面孔中多了一位陌生的长者,佐利介绍,他就是匈牙利大名鼎鼎的拉斯洛神父。从当地媒体上,我对这位特立独行的天主教神父早有耳闻,他是摩登社会里少有的摩登神父,开明的观念和灵通的变革常让同行咋舌。最使他出名的是他的"海陆空弥撒",他不仅在自己主持的小教堂里挖了个墓穴,安放死者骨灰;还别出心裁地驾驶汽艇在多瑙河上、开着飞机在高空之中主持弥撒,祝福新人或扬撒骨灰,人们把他驾驶的那架20世纪60年代前苏联制造的安东诺夫双翼型飞机(Antonov-an2)称作"空中教堂"。

拉斯洛神父并不年轻,1948年生人,但他看上去也就四十多岁,眉眼间充满年轻人的活力,让人一改对天主教神父的传统印象。他多才多艺,不仅亲自创作教堂壁画,谱写歌曲,导演戏剧,而且还踢足球,写博客;每个星期天,他以收费电话的形式接听任何人的留言或通话,以这种形式为修缮教堂集资。他总是用最时髦、最新颖的形式,向年轻人传播仁爱思想。听佐利讲,他过六十大寿时,上千人聚到体育场以足球赛的形式祝寿,寿星本人也上场带球射门,恰到好处地踢了个三比三平局。赛场上他搞宗教团结,穿着球鞋奔跑的不仅有天主教的同僚和信徒,还有耶稣会和新教的传教士。

在咖啡馆里,拉斯洛牧师幽默睿智,妙语连珠,他跟年轻人在一起时无话不说,哈哈大笑时有股感染人的魅力,他也聊巴以冲突,也聊金融危机,也聊信贷消费,也聊足球明星,也为好球臭球激烈争辩,也为恋爱或失恋出谋划策。他跟佐利说:"你也一样,如果哪一天你觉得婚姻更幸福,尽管放弃神职去恋爱,上帝不会降罪于你,因为上帝希望每个人幸福。"

"那您为什么不呢?"我的话刚出口,就立即后悔自己问得莽撞。但是拉斯洛牧师并没有生气,而是微笑着说:"因为对我来说,在空中教堂为别人主持婚礼,要比我自己结婚更幸福。"

看他的神情,听他的语调,我感受到一种宁和与博大,我相信他的话是真诚的,我相信他对自己使命的奉献是快乐,没有丝毫牵强。我不由想起了"干净"一词。我忽然明白了佐利他们身上的"干净气"是哪儿来的了,也明白了这股"干净气"为什么如此感人。

晚上,我好奇地上了拉斯洛神父的博客,他在博客上这样自我介绍:利普·拉斯洛博士,丰富多彩的天主教活动组织者兼神父。

刚刚看他在博客里写的最后一句话是:"在神的国度里,我们不仅将做观众,而且还将是积极的参与者。我们每个人都要为彼此的成功感到高兴,因为在世俗生活的拼争之后,我们所有人都会头顶一个永不萎蔫的桂冠,为比金子更加闪亮的神的友情感到快乐。"

爱屋不及乌

伊什特万从布达佩斯的罗兰大学中文系毕业,不仅学中文,还学武术和太极拳,迷恋中国文化到盲目的状态,爱屋及乌地喜欢跟中国人打交道。

小伙子潇洒帅气,喜欢在胡子上做文章:今天留裘·德洛式的青皮胡,明天留加勒比海盗式的八字胡,有段时候蓄起亚洲式的小山羊胡,长发盘髻,打扮得像个道士。他不仅讲流利的中文,还能打两套咏春拳,不管他到哪里上班,办公桌上总要摆着他从北京带回的那套紫砂茶具,每逢客户登门,他都煞有介事屏息静气,温壶温杯,投茶洗茶,闻香品茗,不要说匈牙利人了,就连中国人看了都啧啧称赞。

去年春天,小伙子到了家专门经营中国工艺品和老式家具的贸易公司上班。老板卡洛伊也对中国文化顶礼膜拜,跟比自己小三十岁的伊什特万一见如故。卡洛伊的公司不仅在当地非常有名,即使在中东欧也仅此一家,在许多商厦里开有专卖店,从大白云毛笔到景泰蓝瓷器,从绣花枕套到成匹的绸缎,从健身球到芭蕉扇,从老头鞋到兜兜褂,这边挂着京剧脸谱,那边挂着孔子像拓片。位于多瑙河边闹市区内的两层家具店,更像一座东方博物馆。卡洛伊还常年出版中国古代文化丛书,伊什特万翻译的《茶经》也在频频碰壁之后找到了知音。

不过,伊什特万干了没两个月,就开始跟我发牢骚,抱怨没有机会说中文。老板给他的任务是研究明清家具,将库里数千件藏品整理编册。公司不仅没有中国客户,卡洛伊老板还一再提醒他,尽量少跟中国人来往。伊什特万感到心里纳闷:都说爱屋及乌,怎么卡洛伊偏偏爱屋不及乌?

去年夏天,伊什特万请我去公司里帮忙,因为仓库里收藏的许多古董级的匾额、对联以及刻在旧家具上书体不同的诗文需要"破译"。

我到了库房,惊得简直下颌脱臼:在数万平方米的库区内,购自中国和东南亚国家的家具和艺术品数以万计,光椅子就像兵马俑一样列成方阵!专有一间茶壶收藏室,各式茶具不下千种。库里不仅有清风明韵的仿古家具,还有衙门的条案、闺房的橱柜、雕花的床榻、古旧的对联;不仅有博古架、罗汉床、八仙桌、太师椅,居然还有轿子、木斗和缠小脚用的台子,还有几个比我高一头的兵马俑。伊什特万说,这家公司名声很响,周边国家拍电影,常到这里租道具;收藏品里也不乏真货,不久前布达佩斯工艺美术博物馆还曾花高价收购过几件。

年近古稀的卡洛伊的确有点脾气古怪,有几次我们在办公楼碰到,他虽然礼貌地冲我微笑,和我握手,却没有跟我交谈的意思。

两个月前,伊什特万花一年心血编纂的收藏目录终于大功告成,或许看在我"义务劳动"的份上,卡洛伊请我吃了顿饭。几杯酒下肚,聊得投机,我试探着问起他对中国人的印象。老先生沉吟了片刻,最终还是敞开了心扉,给我讲了桩伤心事。

卡洛伊在20世纪五六十年代前苏联出兵匈牙利后逃往西方,那时他刚刚大学毕业,在西欧和美国流浪多年之后,于七十年代远赴日本,在寺院出家当了几年僧人。他在潜心研究日本文化时,爱上了中国。1989年东欧解体,嗅觉灵敏的卡洛伊回国淘金,在布达佩斯结识了一对医学院毕业的中国夫妇。迷恋中国文化的卡洛伊,喜欢上这对年轻人,不仅把他们接到自己家里居住,还一起合作推广中药保健品。卡洛伊的儿子定居国外,他把他们当成自己的孩子,搬到家中的第一天，卡洛伊的妻子陪姑娘上街买了条长裙，裙上嵌有黑色珠玑，老人至今都想起来赞叹，"这姑娘美得像一颗黑珍珠"。

由于中国夫妇的努力和卡洛伊广泛的人脉，中药保健品很快在当地找到了市场，但是就在公司顺利发展的时候，中国夫妇决定搬出去单干，不仅断了公司货源，还带走了客户。更让卡洛伊难以接受的是：中国人注册的公司地址，居然就是老人的家。可见一切都是在笑脸的背后下谋划的。"这不是背叛，而是利用！"十来年过去，老人提起这件事仍很痛心。他理解年轻人独立创业的雄心，但不理解如此冷漠的绝情方式，在他心目中的中国人该是诚善忠义、知恩图报的。

一朝被蛇咬，十年怕井绳，卡洛伊从那之后改为经营东方家具，不再敢跟中国人接触，生意做得十分红火，对中国文化的热情有增无减，但他把中国文化和中国人分开了，即使去中国上货，也只谈生意，不交朋友。他说，这么多年，我是第一个进他公司的中国人。老人的话叫我无语。我深深理解他的痛楚：他的痛，不是因为失去了生意和生意伙伴，而是多年来自己用文化虚构出的中国人幻影破灭了。

也许，那对中国夫妇的生意如今已做得很大，但我心里还是觉得：宁可生活里少一个如此精明的中国商人,也不愿失去一位这样的外国友人。我说这话并不是胳膊肘儿朝外拐,因为我更在乎自己所属民族的颜面与良心。

捡破烂

在布达佩斯,年年都会举行一两次声势浩大的"扔破烂日",具体时间并不固定,通常是在春秋季节。每逢这时,街头路边堆满了陈年旧物,破家具、旧电器、烂衣服、纸盒木板、油毡铁皮们,还有在阁楼、地下室等犄角旮旯堆了多年、落满尘土、散发着霉气的各式零碎儿,虫蛀的袜子鼠咬的鞋,独臂的娃娃没头的狗……从中穿行,感觉一定非常怪异,如同走在空袭后的废墟里。

根据能量守恒定律,宇宙万物只有相对的转换,没有绝对的消失。破烂的命运也是如此,有扔的,必有捡的,你没用的东西,他觉得有用,尤其是对乞丐和孩子成群的吉卜赛人来说。所以,区政府布告刚一贴出,消息就立即传遍全城;街上刚扔出一个板凳,捡破烂大军就已经推小车拎麻绳地严阵以待……为了不影响城市交通,各街区指定的日期相互错开,你刚唱罢我登场,这里落幕那里高潮,"扔破烂日"变成了"捡破烂节"。

捡破烂的也不都是穷人，不乏守株待兔的梦想家。在这个几度兴盛、几经战火的帝国都市，保不准哪个角落里还藏着什么。电视里说，有人捡到一幅皱巴巴的素描习作，转手卖了十个欧元，古董商后来赚了一万！原来，那幅画本身不是什么好画，但它出自一位奥地利名家之手！还有一位幸运者，前年捡到了一本发霉的日记，里面记述的是一位十二岁的少年在1956年匈牙利革命期间的每日见闻，它不仅是一部珍贵史料，还成了一本畅销书。

卡塔琳下班回家，被一纸盒绊了个趔趄，清脆的碰击声勾起女孩的好奇心，打开一看，竟是三对完好无损的水晶杯！于是如获至宝地抱回家，每次去她家聚会，她都不厌其烦地讲述水晶杯的来历，大家猜想：扔它的傻瓜，不是一个大大咧咧地新房东，就是哪个想要摆脱过去记忆的失恋者……朋友的幸运，也刺激了我的好奇心。从那之后，每经过"废墟"，我都不由自主地放慢脚步，眼睛跟扫描仪似的细细搜寻。现在，家中储酒的折叠架和摆在书橱里的一把巴洛克银勺，都是我自鸣得意的战利品。

前两天我到外地办事回来，已经半夜了，发现家门口的垃圾筒旁靠着一个半人高的口袋，破口处露出画册的一角。我好奇地抽出，是一本七十年代出版的黑白摄影集,封面的人物,让我想起小时街头的宣传画,想起"解放全人类"的上一辈人。伸手去抽第二本,口袋朝我倒了过来,我赶忙去扶,但里面的书已飞出口袋。看看四周没人,我索性蹲下翻了起来,对于爱读书的人来讲,越旧的书越有不测的魔力。更何况,我是在欧洲。

口袋的书很多很杂,大多数是三四十年前的版本,还有一部分是德文的。这些书沦落到垃圾的命运,一种可能是因为主人搬家,清理旧物;另一种可能是主人去世,而读书人的后代是不读书的人。

我挑出的第一本是1969年出版的《苏联当代小说选》,我选它的原因不仅因为这本书与我弟弟同岁,还因为书名中的"当代"一词,尽管书里的"当代"已成了"近代"。我挑的第二本书题目诱人——《爱的艺术》(第一章,没有性爱关系的爱情;第二章,拒绝背后隐藏的爱情……),这本1984年出版的性普及读物对我来说,虽然早已失去了科普的价值,但让我回忆起当年还是处子的自己。此外,我还选出一本纸页泛黄的《裴多菲诗集》和一套《金瓶梅》,匈文版书名翻译得很傻,如再直译回中文觉得更傻——《一个富人家中的美女们》。出国前,我在国内买到的是删节本,没想到在欧洲的垃圾堆里捡到了全本。小说的扉页上有两行钢笔字:送给亲爱的卡伯尔。祝你圣诞快乐!莎拉。想来,扔书的不是卡伯尔,就是卡伯尔的孩子。至于莎拉，不是卡伯尔的前妻，就是激情已过的情人。

德文书我也选出一本，尽管我的德文有限，但还是从封面上认出了"国家"、"革命"和"列宁"。国内的红宝书已成了古董，这本说不定也……

就着路灯，我挑出一摞旧书，抱起来时腰酸腿麻。回到家里，我一边擦着书上的涩手的浮尘，一边咀嚼收获的喜悦。最大的收获，是一个瑞典人写的流行小说《孩子岛》。匈文译本是1983年出的，译者竟是凯尔泰斯！当时，为他赢得诺贝尔奖殊荣的《命运无常》已经问世，但是为了生计，他不得不接一些对他来说毫无兴趣的翻译活儿……有一种藏书是为读的，还有一种藏书并不为阅读，《孩子岛》就属于后一类，收藏它，是为了纪念。此刻的感觉，像是跟踪自己偷爱的人，用这个自己的"发现"来激励自己。当我将这本书与凯尔泰斯的原著及我的译本并排摆在书架上时，感到一股不愿与人分享的了解的喜悦和理解的温暖。看着这些肩并肩的书脊，它们好像长在了一起。

家有壁炉

　　我在布达佩斯老城内买了套房,离安德拉什大街很近,相当于北京的长安街边,去哪里都很方便。这栋楼少说也有一百四十年了,据说是奥匈帝国时期的匈牙利总理兼帝国外交部部长的安德拉什伯爵为他女儿伊伦娜建的房产,相当于嫁妆。安德拉什大街因1896年的布达佩斯世博会而繁华,沿街修了欧洲大陆的第一条电气化地铁,将游客从多瑙河边运到世博会会场——英雄广场。记得千禧年时,李宁获选20世纪最佳运动员,颁奖典礼因北约轰炸南联盟而从贝尔格莱德搬到了布达佩斯,当时我在一家华文报纸工作,作为记者陪了两趟。聊天时,他说他来过布达佩斯,去过一个小广场……李宁说的"小",肯定是拿天安门广场做参照物,但作为一百多年前的建筑,英雄广场的艺术性绝对不比天安门广场逊色。

　　由于直通英雄广场,安德拉什大街成了长安街,而这条街因他得名的安德拉什伯爵不是别人,正是茜茜公主的交心挚友。也有人说他俩是情人关系，甚至说茜茜公主的小女儿瓦莱丽是这位伯爵的种……在安德拉什大街街边住安德拉什女儿的房，间接的关系让我感觉自己住在这里多少染上些历史味道。

楼是新古典主义风格，黄墙灰顶，细节上有点巴洛克，线条简洁而不简陋，庄重而不呆板。门道宽大，由于这栋楼原本就是为出租房设计的，所以并不像贵族家自己住的那样有马车道，但门道的气派仍是贵族式的，地上是黑白的拼花瓷砖，棚顶两盏金属吊灯，墙壁上铺有大理石贴面和石膏装饰板。穿过楼道迈上几层台阶，是一个高大、明亮的平台，正中是电梯，电梯间两层是螺旋式楼梯，楼梯两侧是通向庭院的玻璃门。试想，一百多年前的一幢三层公寓楼就安装上了电梯，那时布达佩斯人的生活水平可想而知！当时巴黎、维也纳的街头也需要更夫一盏盏地点亮煤油灯，布达佩斯街头的路灯已是电灯了。

我买下的房子已经非常破旧，需要全面翻修，不过我保留下了朝庭院的门窗和客厅里的陶瓷贴面的彩釉壁炉，样式普通，说不上好看，但我感觉炉膛里有时间的记忆。

房内很高，我打算在中间搭一层阁楼，木匠建议我把壁炉拆掉，不仅可以腾出些空间，还为固定阁楼减少难度。我考虑再三,最终还是决定不拆,不过这次是出于现实考虑:这几年冬天,只要俄罗斯和乌克兰为天然气扯皮,匈牙利人就提心吊胆,因为我们使用的天然气大部分来自乌克兰。两年前,俄罗斯在最寒冷的日子里中断了对乌克兰的天然气输出,结果让欧洲老百姓遭了殃,许多国家无法供暖,有的地方还冻死了人,匈牙利虽有一点天然气储备,但也仅够全国人使用两三周……幸好在最后时刻达成了协议,否则我真得生火烧壁炉了。

有了那次经历,我一到冬天就心有余悸,那个壁炉虽没用过,但看到它多少感到踏实,它的存在意味着一份安全感。想来,即使俄罗斯和乌克兰不扯皮,世界也面临能源危机,鬼知道哪年会煤气中断。像匈牙利这样缺少天然气资源的小国家,随时都可能喝西北风,难怪布达佩斯许多新盖的小区住宅楼干脆全部用电,不装煤气管道。出于这份担心,我再次决定留下壁炉,事实上,在我们这栋楼里,至少有两家老人至今还在烧壁炉。

其实,我还真烧过壁炉。1997年我从塞格德搬到布达佩斯时,住在朋友亚诺什家。他家在离自由大桥不远的贡茨·帕尔大街,也是这样的老楼,房屋的内高超过四米,根本就没装暖气系统。楼下有一个堆满了木柴的地下室,冬天就是靠烧壁炉取暖。虽然有时弄不好会冒烟,但靠在壁炉上看书的滋味十分美好,让我觉得进入了狄更斯时代。

刚才，我在《匈牙利经济周刊》上看到两则新闻，一条说今年元旦以来布达佩斯的车辆减少了15%，原因是汽油连续涨价，加油站的销量也掉了20%。另一条报道，匈牙利科学家研制出一种太阳能轿车，传统汽车一升油跑十公里，太阳能车每升油能跑六十公里。想来，随着地球资源的迅速消耗，加上伊拉克、利比亚这样的石油大国陷入战争，节省燃油已不仅仅是一个理念，世界动荡，随时可能爆发类似20世纪七十年代那样的石油危机，研发新能源产品的人不仅是聪明的商人，还将是未来的救世主。

茶叶可以替代咖啡，塑料可以替代木料，鸡毛可以替代鸭毛，奶粉可以替代母乳，养殖可以替代野生……世界上有不少东西都能找到替代物，但是石油不行；机器人，机器狗，克隆牛，克隆羊，只要法律允许，我想克隆人也完全有可能，许多商品我们都可以用这样那样的办法生产制造，但是石油不行，我们不可能将几亿年缩短到几十年。

细想也怪可怕的，现代石油的历史充其量不过150年，就已经消耗了地下石油的大半，《今日美国》曾在2004年刊登了美国专家的预言，说"地下的石油还够用四十年"。尽管全世界还在开发油田，但找到的大油田越来越少,最近一次发现的大油田是在卡萨克斯坦,那也已经过去了十年。据说,那个油田的储备量,充其量也只够全世界人用四个月的,而全世界不可能每四个月就发现一个这样的大油田。而我们现在的生活离不开石油,不说别的,一旦没有了石油,全世界的海陆空交通当即瘫痪。更何况生产轮胎、塑料、金属,哪个能够离得开石油?

再者说,地下的石油毕竟有限,早早晚晚有一天会被用绝。美国专家预言"地下的石油还够用四十年",那是假设可以全部开采出来,世界石油的开采高峰已经过去,以后的开采越来越难,越来越昂贵,当人类真在开采最后一滴石油时,恐怕要比黄金还贵(当时还没有页岩油开采技术)。如果人类不抓紧开发新能源,恐怕等不到下一辈,在我老年的时候就得砍柴劈柴,回国要坐蒸汽火车,上街靠骑自行车了。问题是,与人类无限的欲望相比,地球上的树也有限,煤也有限,什么都有限。说到这里我心里暗想,以后我翻译、写作更要保证只出好书,因为纸张要比时间更浪费不起。好在我家还有个壁炉,到了没纸的时代,我就靠着壁炉口传心授。

目不识珠

雅典的天气不仅酷热，而且少风，走在太阳地里如同真空的大气层里，不出半天，胳膊膀子就脱掉层皮。

雅典人在示威，反对政府的财政紧缩，国会大厦对面广场上搭满帐篷，挂满标语，或许也因太热的缘故，招呼路人的组织者面色萎蔫，几群年轻人坐在树荫下喝酒唱歌。

雅典虽是旅游都市，但由于我这次去雅典是奔着第十三届世界夏季特奥会去的，原以为可以半工作半消闲，没想到在雅典的那几天里，旅游竟成了件奢侈的事。不仅日程安排的满满的，而且赛场远离老城区，幸好在开幕式前一天中午，奔向梁上似的穿过熙攘街市爬上卫城，跑上跑下，总共只花了两个小时。卫城顶上阳光奔涌，石料反光，晃得人只能皱着眉头夹在乌泱泱的人潮里眺望一下神庙废墟的石梁石柱。确实宏伟，宏伟得无法靠近，无法想象，无法理解，就像看到宇航员从太空里拍下的地球照片。

大部分时间,我跟魏翔一起随匈牙利特奥队东征西战,经常招致外人不解的目光:欧洲人的代表队怎么会有两个亚洲人?既不像教练,也不像队员。事实上,魏翔是这支百人劲旅的赞助商,但是他举着相机前跑后颠的样子,更像是一位体育记者。

在比赛第一天的自行车赛场,眼疾手快的魏翔发生了次意外:在特奥会开始的第一天,他在自行车赛场上追拍一个名叫阿提拉的匈牙利选手时,无意中将一位亚洲美女也摄入了镜头。那女孩戴着黄头盔和太阳镜,身穿绿色运动衣和牛仔短裤,不时被人拉住一起合影,总是破坏魏翔的镜头,他费了好大劲,才在人群中拍到一张形象完整、推车上场的阿提拉。没想到在赛车道上,那名女子也蹬车与阿提拉一同比赛。不过,她那副慢悠悠的劲头儿,与其说比赛,更像在学车。我还小声嘀咕了一句:特奥就是特殊,人家比快,他们比慢。

回到驻地,魏翔抱着相机删选照片时,才从那位女子挂在胸前的牌子上辨出"Zhang Ziyi"的字样,再定睛看看那经典的笑容,突然叫道:"还真的是她!"

"她是谁啊?"我问。

"章子怡!"

虽然我们知道章子怡跟姚明随中国队来雅典担任

特奥形象大使，并看到她在开幕式上代表上届东道主国发言，但怎么也没想到会在赛场上碰到她。其中一张照片上，女影星正一脚蹬车一脚踏地，伸着胳膊跟阿提拉说话。阿提拉不懂英语，章子怡不会匈语，我猜她在用中文撒娇：不许你骑太快啦！

意外的收获带来意外的惊喜，惊喜之后也颇为感叹：屏幕上的巨星，在生活中也不过是位身材瘦小、貌不惊人的寻常女子，虽然笑得阳光灿烂，笑得嘴里能放一只衣架，但笑得又像一张剪纸。不仅魏翔没有认出，我也没认出。在朋友偶拍的一张照片里，我就站在章子怡背后，抬手就能搭到她肩膀，但居然没有拿正眼看她。想来，魏翔跟我都目不识珠，或者说，此珠非我珠。难怪事后魏翔的妻子揶揄老公，说他只顾看外国美女了。当时，魏翔可以怪雅典阳光过于毒烈，过于晃眼，或辩解自己的审美兴奋确实投在别的珠上，投在了特奥选手上。实话实说，我俩都不是她的粉丝，尽管明星在眼前晃，并没被触动那根筋。不过，抛开明星不明星不说，她能不远万里飞到雅典，在没有影迷簇拥，甚至没有观众、没人报道的情况下顶着烈日陪智障孩子赛车，让人心中感到暖意。

鱼缸里的鱼

　　说荷兰是地球上最开放的国家,恐怕没有人持有异议。在那里,无论色情业、赌博业、软毒品,还是给梵蒂冈上眼药的同性婚姻都早已得到了合法化,使荷兰成了名副其实的"异类天堂"。可是有趣的是,荷兰人对别人开放,却对自己传统,大凡去过阿姆斯特丹的人都有体会:红灯区、大麻馆和赌场吸引来了八方游客,财源滚滚,而荷兰人自己却很少去。

　　瓦莉·安娜是位匈牙利裔犹太族的心理医生, 她对荷兰人的描述既让人意外,也令人信服,因为她在荷兰已经工作了20年。安娜说:"我在荷兰当心理医生相当不易,因为荷兰人有自己的心理规律。他们放荡不羁,不循规蹈矩,荷兰人从不问:为什么要这样? 而是问:为什么不能这样? 这里的年轻人一到十八岁都会从家里搬走,在舒适和独立之间选择后者,父母也不必担心清晨会在浴室里遇到陌生人,要知道荷兰孩子不到十八岁就都有伴侣。年轻人很早就习惯了独居，我行我素的代价是缺少家的温暖，因此荷兰人比别人更耐得住寂寞。当然，能耐寂寞也是优点，这样长大的人不仅独立性强，还不容易受伤。"

我去过荷兰不止一次，但跟荷兰人的直接接触并不算多，所以安娜的讲述在我听来很感兴趣。她说荷兰人从小就习惯了孤独，小孩子一般都独睡一室，从而缺少与家人的亲昵关系和天黑后与家人分享感情的机会。安娜刚到荷兰时很不习惯，因为在东欧，亲友间拥抱、吻脸都是日常习惯，但是大多数荷兰人不习惯这样，尤其男人之间不习惯拥抱，更不要说吻脸了。安娜说，在荷兰，身体间的接触一直是禁忌，直到20世纪80年代才掀起一场"身体接触革命"，社会上办起"身体接触学习班"，家长们学习如何使用身体接触这种交流语言。

"说来有趣，这对我们来说天生的东西，对荷兰人来说却需要学习。当然现在的年轻人好多了，他们明白人与人之间的身体接触是一种有效的情感表达方式。"安娜的这句话让我联想到自己：我们中国人不也都是这样？同样不习惯身体的交流。我在国外生活了十九年，早已习惯了朋友间的拥抱和贴面礼，但是每次回北京探亲，都要经历一次小小的心理挫折——无论重逢，还是分别，都要鼓起好大勇气才能跟家人拥抱，原因是我和家人之间从小养成的习惯。尽管我们都有拥抱的渴望，但是仍存在心理障碍，因为我们从小缺少情感表达的言行训练。从这一点看，荷兰人跟我们倒有点像。

安娜刚移居荷兰时，曾和那里的年轻人一起做过一场乌托邦梦，试图用平等互爱的群体生活克服从父母身上遗传来的孤独。有人发起"自行车运动"，呼吁人们将自己的自行车涂上白漆，放到街头共同使用；有人提倡"敏感训练"，所谓"敏感训练"，就是发掘内心的泛爱潜力，结成团体，互帮互爱。结果可想而知，理想如同美丽的搪瓷，一遇磕碰，疤痕难愈。当一个人受挫的时候，有谁能够帮你或代替你承受？可惜的是，敏感训练早被"减肥训练"所代替，当代人关注的只有自己。

说到荷兰人的性格，安娜概括得非常精确：他们性格独立，做事谨慎，习惯怀疑，不轻易表达，不轻易向他人敞开内心。过去，在荷兰有个不成文的规定：不要在别人面前谈论自己，不要为别人增加心理负担，喜欢表现自己的人在日常生活中不讨人喜欢。孩子们从小接受的就是这种教育，结果造成了普遍自闭的孤僻性格。不过，荷兰人的自闭与东欧人不同，他们虽然自闭，但不压抑，社会的宽容总能让他们找到这样那样宣泄渠道，加上令人羡慕的荷兰经济做后盾，他们有足够的经济实力让自己过着自由的生活。

用安娜的话说:"荷兰人只有烦恼,没有忧郁,这都该归功于他们富裕的生活和宽容的社会。东欧人则不然,虽然看上去开朗幽默,热烈爽直,但性情深处有一种抑郁的基调,就像哈谢克,就像赫拉巴尔……可对东欧人来说,即使没有烦恼,也会忧郁。"

现在的年轻人普遍奉行现实的个体主义。一个人越独立,对他人的依赖性越弱,期待越少,怀疑越多,这是一个必然的情感逻辑。不过,人生中的理想主义阶段毕竟短暂,大多数日子里,还是需要用反理想主义的手段孤单地维护个体利益。然而,个体主义的过分强调,使每个人成了一座以肌肤为界的无援孤岛。尤其在和平、富足的社会里,年轻的精力无处释放,没有压力,没有责任,没有束缚,衣食无忧。于是娱乐、吸毒、赌博成了许多年轻人的生活方式,将能量耗费在虚无里,自己将自己排挤到社会边缘。

至于荷兰女人,她们通常兵分两路:成家后的女人非常顾家,心甘情愿做家庭妇女;没有成家的女人非常自我,她们的独立性更胜男人一筹。过去让荷兰女人烦恼的,是如何找到心爱的男人,现在不然,她们烦恼的是如何跟男人分手。经济、事业和生活的独立,使她们不会不惜一切代价地寻找男人,而是担心自我为中心的生活遭到破坏。

"独立"的副产品是自私与孤独。阿姆斯特丹的半数家庭都是单身或独居,人们需要爱情,但不需要依赖;需要伴侣,但不需要负荷;只享受实惠,不承担责任,LAT成了当下的流行语:Living Apart Together(分开同居)。其结果,荷兰人就像鱼缸里的鱼,共同生活,但没有碰触。我知道,"分居式伴侣"的生活模式目前在中国大城市的年轻人中也悄悄流行,只是我不清楚那些追赶时尚的朋友们是否认真考虑过——将为LAT付出的孤独的代价。

按摩

　　不管国内国外怎么流行按摩，我都没有享受的福分。一是身体上怕接受陌生人的触碰；二是心理上接受不了那类被人伺候的感觉。正因如此，我抵触以钱换物式的色情服务，说我古板就古板吧，在这个问题上我有洁癖。

　　有一年回国，我约了大学好友一起去青藏高原，游了几日，我腰酸腿软，脚跟生疼，为了之后一周的行程，我接受了朋友执着的建议，去洗浴中心泡脚按摩。洗浴中心的大堂布置得像内地的四星级酒店，一踏上台阶，我就失去了在藏区的感觉。我俩刚一进门，就有几个服务员围过来，有男有女，都是内地孩子，还有个小伙子一边哼"有多少爱可以从头再来，有多少梦值得去等待"，一边观察我脸上的反应。不用说，他也把我当成迪克牛仔了。那时候我的头发还很长很密，而且烫了小卷。

　　"大哥，要不要洗鸳鸯浴？"大堂领班张口的问话把我逗乐了。

"你好好瞧瞧,我俩都是男的。"

"这我知道,大哥,"领班连忙解释,"我不是让二位一起洗,是单洗。"

朋友有经验,立即用调侃的口吻接过话茬:"我俩不单洗,还就一块儿洗,要个包房……按摩要,但不要色情,这地方缺氧,老哥我连气都喘不上来。"他的话把周围人都逗乐了。

包房条件不错,不仅高大宽敞,装饰欧化,而且干净、明亮,两面墙都是质量很好的大镜子,人映在上面不走形。包房里有两张大床和沙发,隔壁是带香槟浴池的浴室。我俩轮流冲完澡,换上小地主似的睡衣,躺在床上舒服地聊天,直到进来两位按摩女。

既然没点色情,按摩不含色情因素也很正常;可是问题是,连一点专业手法也没有,我只觉得女孩的手背有气无力地在我背上揉来揉去,不在穴位,揉到脚时我忍不住痒得咯咯笑了,理解姑娘们有本事使不上的懊恼。朋友也哈哈哈跟着我笑成一团,把两个姑娘都给笑毛了。

就这样,我们花了按摩的钱后只冲了个澡。从洗浴中心出来,我不仅脚跟照样疼,把腰笑得比刚才还酸,我说:"要知道这样,咱俩还不如在旅馆里鸳鸯浴呢……"

有了那次经历之后，谁再动员我去按摩我也不去。

不过，昨天我在布达佩斯的塞切尼温泉又破了例。由于脖子落枕，腰背酸胀，医生给我开了三张温泉票，包括一次免费按摩。匈牙利的医疗这一点很好，泡温泉相当于理疗，医生是可以开方子的。

塞切尼温泉，是布达佩斯最大的浴场，建于奥匈帝国时期，72℃水温的矿泉来自1246米深的地底，一战期间投入使用，王公贵族和普通市民共同享用，不用说在当年，就是我们现在来看都超级民主，每年浴客数以十万计。后来，洗温泉成了医疗福利的一部分，每天免费接待两三百名患者。温泉修成一座黄色的豪华宫殿，室内有水温不等的十几个温泉池，室外有标准的大游泳池、能容数百人的香槟浴池，还有一个冬天都热气蒸腾的大温泉池。天上雪花飘飘，水里温暖如夏，情侣们耳鬓厮磨，老人们看报下棋。

按摩区设在蒸汽浴房旁，是一大排用木板隔开的按摩间。我逐个敲门，所有按摩师都抱歉地说，客人已经约满了，我得预约，明天或后天？我感到扫兴，好不容易下定的决心又动摇了。在我看来，按摩这种事像看急诊，一个人不可能预知自己明天背还疼不疼，精神还紧不紧张；即便知道，我也不想预约，我属于抵触计划的那种人，假如一天里有一件事预定了钟点，那么我整天都会

国王浴室

国王浴室在多瑙河边，布达那侧，
其实并没有哪位国王在这里泡过。

（摄影：余泽民）

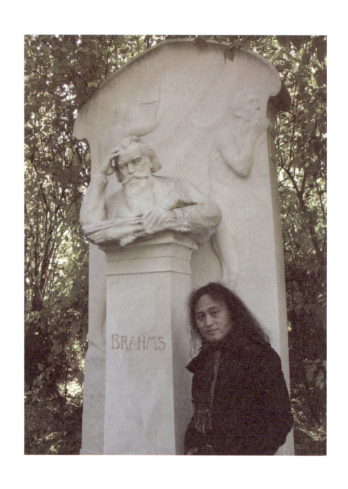

你喜欢勃拉姆斯吗？

我来匈牙利之前，对这个中欧小国所知甚少，
只知道裴多菲和勃拉姆斯的《匈牙利舞曲5号》。
2009年在维也纳中央墓园中的勃拉姆斯墓前。
（摄影：芭尔涛·艾丽卡）

紧张焦虑,所有事都必须围绕着那件事做安排。如果这样,我还不如不按摩,没准还能轻松些……就在我准备放弃时,最后一间按摩室里的中年按摩师告诉我,他预约的客人正好没来,我现在可以进去。尽管没什么好兴奋的,但下意识里,我还是觉得有点幸运。假如今天没按摩成,估计我要再过十年才能再下一次类似的决心。

按摩师让我趴到一张用铁架、木板制成的简易按摩床上,木板很硬,硌得我胸廓疼。当按摩师撕手纸为我垫头时,我心里觉得有点膈应;接着,我又看到墙角的一张蛛网,但愿这里天天打扫,这张蛛网是哪只勤奋的蜘蛛今天上午刚织的。按摩师从一个塑料瓶里挤出一团散发着矿质臭味的油膏涂在我背上,一声不吭地动起手来。还别说,他的手法确实专业,没用几下,我就觉得僵直了两天的后背放松了些,感觉许多痉挛成团的肌肉疙瘩逐一被揉开……但是这时,他的手机响了,男人毫不犹豫地腾出一只手接通,用剩下的那只手给继续我揉按。这电话通了一刻钟之久,我背上感到的不再是享受,而是时轻时重的不对称疼痛;另外,我还得被迫听一个陌生人的调侃、抱怨和无趣的隐私。

电话终于挂断了,20分钟的按摩时间也差不多到了。我跳下按摩床,很不情愿地道了声谢谢。他顺手递给我几张名片,说我如果有朋友尽管介绍到他这儿来。我接了名片,强压着火气出去了,心里暗想:这名片我确实得散发一下,告诉朋友,以后要来这里按摩,找谁也千万别找他。

国王浴室

　　更衣室是用木板隔成的长方条空间，下有地上没顶，横串竖连，状似蜂巢。胖人弯腰，难免有哪个部位蹭到隔板，邻家木格都会跟着晃悠一下。更衣室像魔术匣，人进去时衣冠楚楚，出来时只在脐下三寸挡一块发黄的白布片。挡在瘦人身上还算体面，遮盖的面积相对大些；挡在胖人身上滑稽一些，感觉夹在大腿根。遮羞布只在干的时候遮羞，一旦泡过池子或蒸过桑拿便意义尽失，或软塌塌，或支棱棱，欲盖弥彰。当然，我描述的只是男宾日，女宾日的客人从木匣里出来时怎生打扮？我还真没想过，但愿不是用同一块布片。

　　国王浴室在多瑙河边，布达那侧，是地道的土耳其浴室，是四百年前土耳其人占领匈牙利时建的。没人能证明历史上曾有哪位国王去那里泡澡，我想"国王"在这儿是super的意思，就跟在当下中国虽早没了皇帝，但新盖的饭店、小区动不动就叫皇啊帝啊王啊后啊，以满足食客、住客日益膨胀的虚荣心。

从外面看，国王浴室像一座地堡，依山傍水，壁垒森严，石壁发霉长苔，藤蔓攀爬，绿绣流淌的青铜伞盖下有几个大小不一、水温不同、矿质各异的温泉池，从里面看很像在天文馆。白天去最好，能看见星星，天光从穹隆顶无数镂空的孔洞投射进来，在浓滚滚、热腾腾的水汽中弥散，无法抵达可触的高度，像透过夜幕下的流云看斗转星移。晚上电灯照明，感觉差些，不如古时用蜡烛或火把。

浴室实行分浴制：一天男，一天女，礼拜天划给男人，由于男客多于女客（男运动员比女运动员多，同志比拉拉多，喜欢结伴泡澡的男人比女人多）。在中国，泡澡已是商业公关的一个常用手段，在欧洲也是，传统追溯到古希腊。泡澡族也有不少老年人，去活动筋骨，理疗关节，看报下棋，数落家事，抱怨国事，或讨论足球打发时光。

同志好色，比非同志更好，光顾这儿的频率相对也高。一为悦目，因为泡澡族里有一大部分是活力四射、肌肉发达的运动员；二为养心，因为在那儿较容易结识同类；三跟普通浴室、浴场相比，这儿的习俗更具优势，美臀毕露，布帘虚挂，动手动脚比别处方便。去泡澡的人都是平和心态，见怪不怪，弯人直人和睦相处，掐指也暧昧了几百年。

几年前,有个记者无事生非,在浴室偷录下一段还够不上二级的窥私镜头,卖给某电视台做社会新闻,结果打破了上百年的宁静。在伪道德家和家庭妇女呼吁的压力下,浴室被迫让遮羞布下岗,要求客人自带泳裤。按理说,既然要求穿泳裤了,男女分浴已失去意义,但浴室仍实行分浴制,想来是尊重伊斯兰传统。臀是不露了,同志并未少。水波,蒸汽,光影,浴巾,总能掩护私下的亲热。再者说,同性恋在当地并不违法,即使在大庭广众之下接吻搂抱也不算出格。

你喜欢勃拉姆斯吗?

我认为钢琴是最男性的乐器:绅士,优雅,浪漫,激情。不过我学琴很晚,二十岁才下决心摸琴。当时,不仅周围人觉得我"犯神经",当我去葛德月教授家上钢琴课时,自己也觉得自己好笑。试想:一个烫费翔头、穿蝙蝠衫、读音乐学院研究生的小伙子跟几个由家长带来学琴的小孩子一起坐在门厅里排队等着上入门课,确实很窘。哪个弹钢琴的不是从穿开裆裤时摸的琴键?当然,我也安慰自己,我学钢琴不是想当什么"家",不过是想从黑白键间、从铜踏板上偷来些音乐化的绅士、优雅、浪漫和激情。

于是,在同龄人忙着考托福和GRE时,我每天坚持练四小时琴。一年后,我磕磕绊绊地弹奏了第一首相对完整的钢琴曲——勃拉姆斯的《匈牙利舞曲5号》。热烈的旋律,奔放的节奏,自由,轻扬,清润,透明。

"看啊,小伙子们来了,穿着马靴,戴着毡帽,踢腿拍脚……注意,手背别软,也不要僵,使用臂力,触键要有弹性,声音别死,对!"葛老师像说戏的导演一样眉飞色舞,"姑娘们现在出场了,长裙子,长辫子,一手叉腰,一手扶着头顶的奶罐儿,轻盈,泼辣,含羞,不造作,声音像是清澈的笑……"1990年的那个夏天,这首曲子让我练了整整一个暑假,但是我做梦也没料到,那个曾给德国作曲家灵感的中欧小国,一年后成了我流浪的地方。

六十年前,萨冈写过一本题目非常"行而上"的小说——《你喜欢勃拉姆斯吗?》,原因是法国人对勃拉姆斯的了解和接受,比作品晚了一个世纪!"你喜欢勃拉姆斯吗?"作曲家成了附庸风雅者的语言道具。我刚一读到小说的题目,就忍不住连连点头:喜欢,喜欢,而且何止是喜欢!勃拉姆斯的名字对我来说,成了钢琴与《匈牙利舞曲》的综合符号——绅士,优雅,浪漫,激情。

后来,我陆续读了些勃拉姆斯的传记,失望地发现:作曲家本人怯懦、多疑、自闭、刻板,一辈子没有热烈地爱过。在一次沙龙聚会,他无意中得罪了已成大师的李斯特,李斯特将他的怯懦误会为傲慢,以至一辈子没说过他的好话。身为钢琴家的舒曼夫人是勃拉姆斯的伯乐,丈夫去世后,她对这个比自己年轻的德国人推崇备至,到处演奏他的曲目,其中的情感因素他自然明白。勃拉姆斯成名后,他给舒曼夫人写了封信,说"只有结束至今为止的亲密,才能维持彼此的友谊"。事实上,生性多疑的勃拉姆斯根本就不相信友谊。他虽然去过匈牙利多次,但始终没交下一个朋友。勃拉姆斯追逐女人,却逃避婚姻,这点听起来像卡夫卡。不过后者逃避婚姻,是怕自己易于负罪的敏感灵魂丧失自主;前者的原因则是,对女人从没有爱到考虑结婚的程度。

帕德列维斯基曾为勃拉姆斯开脱,说他"少言寡语,很不合群,之所以修养不高,因为把所有精力都花在了音乐上……"由于我喜欢勃拉姆斯的音乐,所以乐于接受帕德列维斯基的解释。一个人既然能写出那么多火焰般的音乐,内心肯定有过燃烧,只是他的燃烧不在生活,而在乐谱上。

勃拉姆斯是个自律的人,他喝酒的习惯就是最好的说明:天天都喝,从未喝醉。可是没醉过,就能说明他不爱酒吗?恰恰相反,他常常被酒精激发灵感。勃拉姆斯的音乐生涯,就是从小跟着父亲从酒馆开始,在几首舞曲无聊地弹了上千次后,一天凌晨,当他在酒馆低头系鞋带的刹那,忽然听到一个新的旋律,如神的耳语。

1852年,他开始创作匈牙利舞曲,可灵感并非来自匈牙利之旅。有一次,他路过维也纳的普拉特匈牙利饭馆,被里面传出的吉卜赛音乐吸引了,从那之后,他成了常客,吃匈牙利辣椒,喝匈牙利红酒,听吉卜赛人的演奏,甚至他62岁的寿宴就设在那里……难道这不是一种激情表述?他花了二十年谱写《匈牙利舞曲集》,难道不意味着忠诚的浪漫?他很像患幼稚症的莫扎特,将心智全部交给了音乐,没有留出一点来经营生活。

在他谱写的匈牙利舞曲里,有柔情,有爆发,有不羁,有傲慢,即兴随意,没有规定,可以演奏一段,也可以演奏一天。说他把人格隐藏在音乐里也好,说他患有人格分裂也罢,对他来说真无所谓。至于我,无论传记作家怎么写他,我都会说:我喜欢勃拉姆斯!更何况,我第一篇见到读者的小说题目,就是《匈牙利舞曲》,当然这还要谢谢吴玄编辑。

每次去维也纳,我都会抽空去一趟中央墓园,到那里哼着《匈牙利舞曲》,第五号,升f小调,跟变成白色大理石的勃拉姆斯合一个影,让他见证我的成长。

洛可可女人

她又从我家的窗下经过，穿着合体的深棕色套装，喇叭状的外套下摆恰到好处地强调了她生动的腰胯。一头金发颜色别致，在额头泾渭分明地梳向左右，脑后和两侧的卷曲发绺柔软自然地垂在脸前，披在肩上。她手里拎着棕色手包，脚下穿了双棕色的高跟皮鞋。

"洛可可女人！"母亲自语，她显然察觉到我心中的好奇。"洛可可"一词在我耳边叮当作响，尽管我并不明白这词的意思，但还是觉得用在那个与众不同的神秘女人身上再贴切不过。"洛可可"，我情不自禁地重复叨念，我从未想到竟会存在一个这样的词，能如此准确地用在这个穿棕色套装的美人身上。不过凭着直觉，我感到母亲的语调里藏着挖苦……

这是我刚翻译的爱沙尼亚作家玛伊穆·贝尔格一篇小说的别致开场。小说描写一个好奇的女孩跟踪一位被母亲叫作"洛可可女人"的女邻居,结果导致一场意外的命案。在这里,我并不想就小说的悬念进行评论,而是想借它的标题,聊聊"洛可可与女人"。

在欧洲旅游,大凡对艺术敏感之人,耳朵里常会听到这么几个词:古典、哥特、巴洛克、洛可可、印象、达达、野兽、波普……如果你细心琢磨,就会发现其中大部分艺术风格的名字是反对者给起的,原本带着轻蔑和讥讽。哥特=野蛮,巴洛克=蹩脚,印象=胡涂乱抹,达达=不三不四,野兽=歇斯底里,波普=狗屁艺术……总之,除了古典,一切都是古典的敌人,唯有"洛可可",叫得娇滴滴甜蜜蜜,像女人的娇嗔,不疼不痒。

话说回来,洛可可确有女人缘,想来它本来就是为女人创造的。

17世纪,在"高跟鞋国王"路易十四口味的影响下,宫廷生活蔚为风尚,巴黎成了社交的天堂。1661年,风骚的朗布耶侯爵夫人在自己的公馆开了第一家社交沙龙,整天热闹得门庭若市。什么是沙龙?就是客厅!就是闲来无事的贵妇人敞开家门与社会接轨。沙龙里聊的话题无所不包,从外交到哲学,从政治到艺术,从宗教到罗曼司,无论谈什么,基本的要求是——高雅,哪怕是矫揉造作的高雅。

"给我送一阵清风来,好吗?"妇人风情万种地抛出个媚眼。

"您那珍珠般明亮的心灵之窗可真会说话!"男人色迷迷递过扇子。

沙龙在巴黎盛行起来,泡沙龙的不仅是达官显贵,还有那些附庸风雅、投机钻营、梦想有朝一日成为显贵的风流骑士,沙龙俨然是进入上流社会的培训学校。既然女人是沙龙主人,讨好女人是第一课;之后是打情骂俏,偷鸡摸狗,借驴上坡。看看那几位有名的洛可可画家,哪个不是采花盗? 排位第一的华托将一幅《朝圣图》画成了不折不扣的集体求欢,所有的男人都在看女人脸色;弗拉戈纳尔更绝,专画偷情主题:《秋千》里,老富翁卖力地推着秋千哄年轻太太开心,女人则在空中踢腿,露出裙下风光,勾引藏在灌木丛里偷窥的少年;《门闩》中,偷情的男子从床上跳起去插忘了插的门闩,欲火中烧的女人一刻不放地勾住他的脖子。这类阴盛阳衰的画作,显然是取悦女人的。

何止画家!木匠们为了讨好女人,设计出椭圆靠背、装饰花纹、流线扶手、老虎腿的沙龙矮椅衬托女人的蜂腰伞裙;建筑师不厌其烦地使用岩石雕刻的贝壳、花草、旋涡进行锦上添花的翻覆装饰。洛可可(rococo)这词便从岩石(roc)音译为"洛可",至于第二个"可"字——我猜:不是哪个撒娇的女人给岩石起的昵称,就是哪个想讨女人欢心的男人是个结巴。

现在大家该明白小说里的母亲为什么叫女邻居"洛可可女人"了吧?事实上,我们周围的"洛可可女人"非常多,她们妖娆,娇贵,矫饰,矫情,将过度夸张的形式感当高雅炫耀,用时髦的说法——小资女人。

歌德说:"洛可可只有发挥到荒谬绝伦时,让人看了才会舒服。"问题是,生活中能把洛可可发挥到荒谬绝伦的小资女人实在不多。

司汤达综合征

　　我认识一位在匈牙利做生意多年了的华人朋友，几年前带着新娶的洋媳妇回老家省亲。不光省亲，还在公婆的陪伴下坐上火车，赴京访古。一家人逛了故宫游颐和园，登完景山溜达北海，当他们来到十三陵神道，洋媳妇突然一屁股坐到一匹石兽脚下，抱怨她的脚腕子酸了，死活不肯再站起来。她让丈夫陪老人去转，自己坐这儿等他们。朋友急了，说老两口是特意陪她来的，她不逛别人还怎么逛？再者说，陵墓里不仅葬过皇帝、皇后，还埋了妃子、太监，值得一看。

　　不料洋媳妇很犟，死说活劝都不管用，最后还急了甩出一句，噎得丈夫差点背过气去："有什么好看的，所有的房子都一个模样。"虽然朋友只有中专学历，对历史和艺术所知不多，但他毕竟能够感受到皇陵震撼人的气派。后来，回匈牙利没有几年，这段婚姻就结束了，每逢有人问起，朋友都会摇头解释："不行不行，文化差异，实在过不到一起。"想来,那匹石兽就是文化差异的见证人之一。

不过,在我认识的外国人里,朋友的前妻毕竟是少数,大多数老外到了中国,都会被古文明震得发蒙。乔巴是匈牙利某电视台的摄像师,走南闯北,见过世面。2007年秋天,我们一起去中国拍片,直到出发,他都跟平时要出趟差一样。至少在飞机着陆前,他还不是一个"东方迷"。另外还有个原因,乔巴的母亲突然住院,但是签证已下,机票定好,摄制组换人已经来不及了。所以,一路上他有一万个不情愿。

但是一到中国,乔巴立即变了个人,兴奋得如同小孩子一样,除了睡觉和上厕所,摄像机就长在他肩膀上,即使在饭桌上也顾不得吃饭,忙着拍大堂的摆设、盘中的佳肴和众人的吃相。我笑说他只顾着拍,啥也没看;他反驳说,摄像机对摄影师来说就是副眼镜,他不仅能在拍的时候看,拍完后还能带回家看。他还说,在一个博物馆一样的地方,即使他看得过来,脑子也消化不过来。

在香港的海湾里,我们乘船环游,他从起锚到抛锚,一直都在甲板上拍摄,结果被海风吹感冒了,被一位香港朋友带去看病,皱眉捏鼻地灌下两副苦涩的汤药。第二天他说,"中国黑汤"不仅能治感冒,还能治胃病,从前他连胡椒粉的辛辣都受不了,现在居然能吃火锅了(尽管只是微辣)。我说,那他不是胃病,是精神病。他辩解说,就算精神病,那也是病。于是他又去了趟诊所,请老大夫给他再煎几副,带在路上当咖啡喝(匈牙利人管咖啡就叫"黑汤")。不管是药物作用,还是精神作用,乔巴确实能吃辣了,不仅吃麻辣火锅,还吃剁椒鱼头。从那之后每逢朋友聚会,他都对中药赞不绝口,现身说法,并跟"人来疯"的孩子一样当众表演吃生辣椒,好在匈牙利的辣椒不怎么辣。

在上海,乔巴让人骑着摩托带着他,跟拍特技一样在汹涌奔涌的人流车流里左闪右拐,拍"赛过曼哈顿"的大上海。他非常喜欢逛外滩,兴致勃勃地为一个夜光陀螺或带两撇胡子的玩具眼镜跟小贩砍价,或在日落时分扛着摄像机,望着通天塔林的对岸出神。他说,站在外滩的感觉仿佛是在科幻片里。

在深圳的一个黄昏,我们在一条摊贩云集的小街里采访,乔巴突然将镜头从正在大发感慨的主持人脸上移走,贴近地面,对准了一条站在他脚下正打量他的京巴狗。小狗调头跑了,乔巴继续躬着腰,拎着摄像机贴着地拍,拍吆喝的小贩和砍价的客人,拍羞涩的姑娘和憨笑的民工,还有一群在露天光着膀子打台球的年轻人。后来,剪片子时,导演舍不得剪掉这段"狗眼看世界"的镜头。都说"狗眼看人低"?其实狗眼里看人,夸张的高大。

到了北京，乔巴更是拍晕了，不光是拍宫殿、庙宇、长城和园林，他更喜欢拍曲里拐弯的小胡同和鼎沸喧嚣的街头夜市。就在我们启程回布达佩斯的头一天早晨，他突然做出了一个决定：央求我帮他签机票，想自己在北京多待几日，挤挤公车、地铁，多尝几家油脂麻花的小饭馆。朋友们都说，乔巴得了"司汤达综合征"。

半年后，乔巴不仅带着妻子和两个儿子去了中国，还决定叫大儿子学中文。去年秋天，他跟妻子离婚了，原因是他被一位电视女主持缠得五迷三道。离婚前他做的最后一件事，是带一家四口重游中国；离婚后做的第一件事，则是带情人去中国。看来，乔巴不但染上了"司汤达综合征"，而且病得还真不轻呢。

说来说去，到底什么叫"司汤达综合征"？估计读过《红与黑》的人不少，听过"司汤达综合征"的并不多。两百年前，法国小说家司汤达第一次游佛罗伦萨，被一波接一波的审美冲击折腾得神魂颠倒。他在游记中写道："我的心剧烈地跳动着，寸步难移，每走一步都担心会跌倒"。后来，人们造出了这个心理学名词，代指一个人在艺术品稠密的空间里受到强烈美感刺激，从而导致心悸、晕眩、虚汗、焦躁，甚至产生幻觉的身心症状。据说，佛罗伦萨的医院里，每年都要接诊几位"司汤达综合征"患者。

想来,这种病症我也得过,不仅在巴黎、罗马和佛罗伦萨,在陪外国朋友逛京城时也发作过。只是近些年来,随着小胡同大片地被拆,随着急赤白脸的老城改造,北京的京味儿越来越淡,仿古建筑成了笑里藏刀的杀手。我真担心有那么一天,老外也会拿北京跟曼哈顿做比,担心像乔巴那样的朋友再去北京,想犯也犯不了"司汤达综合征"了。

高跟鞋的性别

　　凡尔赛宫距离巴黎市中心有二十公里,要从塞纳河的右岸穿过左岸。想当年,曾是满眼葡萄园的左岸正因占了凡尔赛宫的便宜,才从乡村变成了都市,众多讨宠的贵族像蛾子似的扑向太阳,跟妃子、太监一样,做梦都想博得太阳王的宠幸。凡尔赛宫作为路易十四的宫苑,是名副其实的"太阳宫"。

　　史书上记载的路易十四,是在位长达72年之久的铁腕大帝,通过五次征战成为欧洲霸主,震慑了群王争雄的欧洲大小王室,降伏了千百年来桀骜不驯的法国贵族,他让全国的大贵族和统治机构像众星捧月似的围着凡尔赛宫,以此强化他的军事、财政和行政决策权,维护至高无上的绝对君主制。后来,无论圣彼得堡郊外的夏宫、奥地利的美泉宫、波茨坦的无忧宫、巴伐利亚的海伦吉姆湖宫, 还是后来让齐奥塞斯库自取灭亡的人民宫,都是凡尔赛宫的蹩脚摹本。"宫廷是权势的舞台",只有太阳王把这句话演绎得淋漓尽致。

不过,去了凡尔赛宫,你就会发现,"太阳王"实际有两副面孔,就像刚柔相济的阿波罗:跨进凡尔赛宫的铁花大门,在一个条砖铺地、殿宇稠密的传统广场上,远远就看到在高大基座上头戴羽冠、手执御令、勒马伫立的路易十四戎装铜像,威吓群雄,仪态四方;但是,你一旦走入游客拥挤的王宫之内,油画上的法王摇身变成一位身穿华服、涂脂抹粉、卷发披肩、站姿造作、脚蹬高跟鞋的臃肿男人,说是男人,乍看像妇人。

现代人一说高跟鞋,立即想到妖娆的美女,商厦橱窗里五颜六色、勾人奇思妙想的高跟鞋百分之百是女人的美足饰品。如果老爷们儿穿了它,肯定会被讥笑为"变态"。但是很少有人知道:高跟鞋本是男人专利。三百年前,它不仅是男人发明的专利,而且是男人使用的专利!高跟鞋的发明者不是别人,正是身材矮小、雄心勃勃、爱跳芭蕾、霸气十足的路易十四。曾几何时,"太阳王"穿着15厘米高跟的鞋子,踮着脚尖在十万平方米的王宫和百万平方米的御花园里傲慢猫步。所以,凡尔赛宫是"高跟鞋"的故乡。

一时间,欧陆各国的君主、贵族纷纷效尤,穿高跟鞋和法式衣服,学"太阳王"踮着脚尖走路,半咧着嘴做出皮笑肉不笑的法式表情,请法国厨师,吃法国菜,喝法国酒,兴建法式宫廷和别墅,就连妓院都不例外。不少人模仿路易十四的美容秘方:用稀释了的葡萄酒洗手漱口,从不洗脸,只用沾了香水的手帕干擦。其实,路易十四是很懂酒的,他自己并不只盲目崇拜法国红,还青睐匈牙利托卡伊酒乡特产的"阿苏酒",不仅将它列为宫廷贡酒,还赐给这款白葡萄酒一句永远的广告语:"酒中之王,君王之酒"。现在托卡伊酒乡被列入了世界文化遗产,里面该有他的功绩。

凡尔赛宫气势恢宏,如人间天堂。数以百计的房间、厅堂、回廊内的帷幕、窗帘、壁毯和沙发套,每年都要更换两次:冬季是深红和浓绿的丝绒,夏季用绣着金线银线的丝缎。卧室是主人表演的舞台,宽大的御榻前,每天上演着同一出戏剧:清晨,一群显赫的贵族赶来看"太阳升起",幸运者能帮国王脱下睡衣。随后又拥进几百位贵族,国王像挑妃子似的选出几名帮他更衣,顺序严格地递上衬衫、马裤、袜子、鞋、短剑、斗篷、羽帽,其他人只能恭敬地观看。贵族们为了能给国王递一条手帕,也要花重金争抢。想来,今天的美国总统收钱与富商们吃饭照相,估计就是从这儿获得的灵感。晚上,所有的仪式像电影倒放似的重复一遍,在两次仪式之间,国王的作息也按脚本进行。难怪路易十四的一位内臣说:"国王是凡尔赛宫里的一部机器",一切都按照设计好的程序进行,具有精确的舞台效果。

　　路易十四是个雌雄同体的统治者，既有藐视天下的霸气，又有着让天下人观赏的表演欲，亲自为造访者设计出25条御花园游览路线，生活彻底"透明"，让客人看他洗漱吃饭，出恭入厕，打嗝放屁。他还是位"改革家"，废除了千百年来的贵族世袭制，然后想出成百上千的虚职，让贵族们和想当官的有钱人相互厮杀。连他自己都为自己的智慧感到惊讶，他问一位贴身宦臣："你说谁会买这些没有用的职位呢？"对方聪明地回答："这就是国王的特权啊！一旦国王创造出一个新的官职，上帝马上就会创造出一个想要买它的傻瓜。"

　　"太阳王"的高跟鞋强调的不是媚艳性感，而是"朕即国家"的威严。

瑞士衣柜

英国管家、法国厨子、德国司机和瑞士门卫——这是浪漫主义时代欧洲人梦想的贵族生活。自从中世纪开始，瑞士人就有"忠勇"美誉，欧洲各国的宫门大都专请瑞士人把守，罗马教廷也不例外。如果你去梵蒂冈参观，肯定会被那里身穿马戏团彩服似的瑞士门卫所吸引；如果你去维也纳的霍夫堡皇宫，肯定会经过以瑞士门卫命名的"瑞士人大门"。

历史上，瑞士人确实骁勇善战，才得以保住"迷你"的疆土。不过今天的瑞士堪称"世界上最和平的地方"，瑞士人神奇地远离战争，难怪梵蒂冈门卫高矮胖瘦形状混杂，想来越来越少的瑞士小伙愿意放弃闲逸的生活跑到罗马去执矛枪。在根据格雷厄姆·格林小说改编的电影《第三个人》里有这么句台词："在波尔吉亚家族统治的三十年里，意大利人经历了无数战争、恐怖、屠杀和血拼，同时也出现了达·芬奇、米开朗基罗和文艺复兴。而瑞士，500年都是民主、和平、兄弟之爱,结果怎样? 只发明了咕咕钟。"而出演过《简·爱》《夜半钟声》的好莱坞明星奥森·威尔斯更是出言不逊,称瑞士是"世界上最没意思的无聊国度"……战争不好,太和平了也不好。人类真是种矛盾的动物。

咕咕钟在匈牙利的农家很常见。报时的时候,钟面上会开一扇小门,一只布谷鸟弹出来"咕咕"鸣叫。不过据我所知,咕咕钟并不是瑞士的发明,而是一个居住在黑森林、名叫弗朗茨·凯莱列尔的人发明的。黑森林不在瑞士,而在德国。说瑞士500年和平不很准确,瑞士人毕竟为了国界之争,还是打过几次仗的。

瑞士没有自然疆界,阿尔卑斯山脉穿过奥地利、德国、法国和意大利;瑞士没有"瑞士语",所以我们一旦在地理、语言、文化领域用放大镜看,还真难一语道清:瑞士人到底是什么人? 只有在全民投票时,"瑞士人"的概念才得到强化。但是换一个角度,从政治、经济角度来看,瑞士与邻国的区分显而易见——它是不倒翁的中立国,世界上生活水平最高的国家,与偏执、焦虑苦斗的民族(可能因为他们太有钱了,总觉得自己不正常)。

有一次在酒桌上,我跟一个瑞士朋友讨论起这个问题,他给自己下了一串诙谐的定义:"体质很棒的山民,富得流油的懒汉,有跟没有一样的军队,各种宗教和平相处,直接民主,联邦体制,地区自治……"最后他补充了一句让我开窍的话，"瑞士人宽容、避免冲突的特征，归功于多语言和许多不成文的行为准则。"

当然，富裕、和谐的生活也是有代价的。平均寿命不超过72岁的瑞士人，自杀率高达12%，在西欧国家中，瑞士的艾滋病感染率也首屈一指。不过按照瑞士人的解释：瑞士的艾滋病感染率之所以高，是因为瑞士的卫生检查和统计系统远远超过其他国家。

瑞士境内五分之一的居民是外来移民，据说新生儿中移民后代所占的比例已经达到了四分之一。每年移民瑞士的外国人有五万左右，而移民他乡的瑞士人只有两千。不过去瑞士的中国人不是很多，去的也大多是上学或开餐馆；估计华商要想利用中国商品的价格优势在富有的瑞士打价格战，优势不大。

瑞士人很有个性，为了强调中立国立场，死活不肯加入联合国、欧盟和欧元区，尽管早在1995年它就已被欧盟国包围。世人都知道瑞士军刀有名，不过军刀跟军队是两码事。芝麻大的小国，芝麻大的军队，瑞士军人不足22万（其中还包括8万预备役人员和2万新兵学员），设备不过是手榴弹和火箭炮。难怪前两年有人倡议举行全民公投，取消军队，他们的理由是"瑞士不拥有军队丝毫不会影响国家安全"，这话也可以反过来听：瑞士即使有军队也没有啥用，万一意大利人大兵压境……

不管怎么讲，有军队和没军队至少有着心理意义的不同，更何况现在恐怖主义猖獗。瑞士人否定了这提议，保留军队，而且坚决不加入北约。尽管军力弱小，但瑞士人并不懦弱，据说几年前瑞士还有自行车部队，小伙子们骑车去打靶曾是阿尔卑斯山小路上的日常风景。不过瑞士朋友告诉我，自行车部队虽然取消了，但瑞士境内全民皆兵，七百多万人口的小国中，居然有将近四十万支枪藏在瑞士人家中的大衣柜里，其中有一大半STGW57型步枪，另一些枪型更现代。

瑞士人到底有多少年没打仗了？最后一次的反侵略战争至少要追溯到四百年前，二战中，希特勒也没有打到瑞士，不过我想，他之所以没打并不是因为瑞士中立，而是因为他有那么多"缴获"来的财产躺在瑞士银行的保险柜里。匈牙利在二战初期不也中立过吗？最后希特勒为了跟斯大林叫板，还是逼匈牙利人放弃了中立，加入战败国行列。瑞士朋友却不这么看，他自豪地说："瑞士人之所以是一个既文明、又和平的民族，是因为他们在历史上总是能够保卫自己。我们家里的枪就是证明，哪怕放在那里一百年不用。"

这时我已经有些喝多，话不避嫌，我醉眼蒙眬地刺了他一句："我听说瑞士的杀人案很少，但是开枪自杀的挺多啊……"

逃亡的幸运

　　童年时去上海，亲戚们必带我去的地方一个是外滩，一个是南京路，南京路给我留下的最深印象：一个是找不着厕所，二是在尚未不知"摩登""科幻"为何物的年代令人叹为观止的沪上地标——国际饭店。那个年代，上海人讲得最多的口头语就是"阿拉上海人"，言外之意是"你是乡下人"，在上海人眼里，包括北京人在内的"非上海人"都是没见过世面的"乡巴佬"。尽管我很烦听这句话，但是站在24层高的洋楼前，我心服口服地承认自己确实"刚见到世面"。在70年代，说国际饭店"摩天"并不算夸张。从那之后，我再听到有谁说那句带着歧视味道的"阿拉上海人"时，我便受到刺激似的连忙自卫："阿拉的爷爷是上海人"。上海人确实很幸运，十里洋场的租界史给他们留下了洋气的资本。

　　后来我移居布达佩斯，有一次在朋友家，偶然遇到一位名叫萨穆尔的建筑师，闲聊中他突然冒出一句："你知道吗？我舅舅在上海住过30年！"

"他是外交官吗？"我不假思索地问。

"不是,他是逃到那里的,"随后他又补充道,"他是建筑师。"

当时他提到了一些建筑,但我没有对上号,老上海的欧式建筑实在太多。

今年,匈牙利政府命名为"邬达克年",并在上海举办《建筑华彩》展览,纪念这位曾经扬名上海滩的匈牙利建筑家逝世50周年。我在一篇文章里得知:邬达克的作品不仅有曾为"远东第一楼"的国际饭店,还有滋养了"阿拉上海人"优越感的花旗总会、百乐门、大光明电影院和沐恩堂。我还兴奋地发现:文章的作者不是别人,正是我认识的萨穆尔。

"他是怎么逃到上海的?"再见面时,我好奇地追问。萨穆尔讲,邬达克(1893—1956)出生于建筑世家,父亲参加过欧洲第二条地铁——布达佩斯"黄铁"的建设。1914年,21岁的邬达克刚从布达佩斯王家学院毕业就应征入伍,随奥匈帝国的军队参加一战,两年后在俄罗斯战场被俘,被送到西伯利亚战俘营。建筑的特长使他免受皮肉之苦,不仅得到了实习的机会,并且受到给家人寄照片的优待。

1918年春天,邬达克只身逃亡,迂回向东,逃往哈尔滨,一路上靠当铁路工人积攒盘缠。秋天,邬达克搭乘日本货船抵达上海,当这位25岁的逃亡者激动地踏上黄金满地的十里洋场时,落魄得像一个乞丐。好在是冒险年代,大上海的洋人们并不以貌取人,一家美国人开的克利建筑事务所看中了这个伶俐、忠厚的年轻人。

在克利洋行,邬达克打了七年工,积攒了丰富的经验。基督之年,邬达克娶了一对德、英夫妇的女儿为妻,并且建立了自己的事务所,风格从复古派变为现代装饰派。邬达克的装饰艺术,意味着市井人的豪华。1933年,他设计的大光明电影院成为中国建筑史上划时代的先锋建筑,1934年设计的国际饭店更将他的名字与老上海的黄金时代联系到一起。大到巨厦,小到别墅,他在上海设计并留下了上百座建筑,可以说,是他塑造了老上海的面孔。

由于抗战爆发,上海发展停滞。无处施展才华的邬达克当了几年外交官,他在出任匈牙利使馆领事期间,不仅帮助受纳粹迫害的犹太逃亡者,而且公开反对日本人占领。1947年邬达克告别上海,先应教皇之邀前往梵蒂冈参加圣彼得遗骨的发掘考证。后来,邬达克突然迷上了音乐和写作,建筑反成了业余爱好。

萨穆尔说,他舅舅是个流亡的命,二战后再次流亡,病逝在美国。

我说，邬达克是因苦难而获幸运的流亡者。这个幸运是他的，更是上海人的。

　　法国设计师海特曾坐在他设计的金茂君悦大酒店里眺望对岸的外滩感叹："我很幸运，不是每个设计师都能遇到这么大的工程机会。"但与邬达克比，他的幸运差远了。

长发男人

传统和时髦从来都是相对的,无论宗教、哲学,还是穿着时尚,总是三十年河东三十年河西,三十年之后又回到河东。毕竟人类不是七十二变的孙悟空,衣着再变,也变不出长短肥瘦,就像裤腿儿三起三落:60年代瘦身迷你,70年代喇叭腿宽松,80年代时髦窄脚,90年代褴褛牛仔,00年代开始回归,瘦身迷你再度风靡。当然,多数人躲在不肥不瘦的灰色领域。再说男人的帽子,从礼帽、鸭舌帽到棒球帽,去年开始又流行礼帽,不过不再是绅士们的专利,时髦男孩也喜欢扣上一顶直奔迪厅。

头发也一样,这些年留长发的男孩越来越少,怒发冲冠的刺猬头越来越多,发胶的品种也让人眼花缭乱,想来也是源于这两年复苏的朋克风。曾几何时,"枪与玫瑰"的长发是反叛者的标志,如今法国轻歌剧《罗密欧与朱丽叶》的长发刮起的却是复古风,同是长发,意味迥异,一会儿阳刚,一会儿阴柔。想想人类的头发历史,也是风云变幻,波澜起伏。想当初欧洲人留长发掀起的风潮,一点儿不亚于近代中国人的剪辫子革命。

早在亚历山大大帝时代,士兵被要求剪发剃须,目的是在战场上短兵相接时,不让敌人有乘之机,想来道士若跟和尚打架,和尚肯定更容易上手。这样一来,蓄发留须成了王公贵族的审美特权,平民被要求剪短头发,这种状况大约持续到路易时代才逐渐改变。

虽然是王公贵族,蓄发也不是件容易的事,圣保罗曾撂下过一句话,成了长发男儿的拦路虎。《圣经·新约》的《哥林多书》中记载,圣保罗说:"你们的本性不也告诉你们,男人留长发是他的羞耻吗?"11世纪末,教皇曾以这句话为撒手锏,颁布了一条严格的禁令:凡是留长发的男人,均被开除出教会,死后也不能为之祷告。教条的神父、牧师们纷纷响应,大张旗鼓地劝人剪发。据说,乌斯特大主教总在兜儿里揣把剪刀,遇到留长发的教徒,他就趁祝福之机果断下手铰掉一绺儿,然后警告对方如不剪发将下地狱。

英国的亨利国王酷爱美发,无论教士们给他讲多少恐怖故事也无济于事,继续长发飘逸地我行我素。终于有一夜,国王做了个噩梦,梦里遭到魔鬼鞭挞,他惊醒之后,挥舞驱魔。之后他又坚持了一年,最终苦于噩梦的折磨,可怜的国王被迫剪发。

相对而言,法国的路易七世比较听话,他毫无挣扎地剪了一个蘑菇般的"修士头"。没有想到,剪头剪出了麻烦,他在王后眼里丧失了魅力,王后红杏出墙,结束了婚姻,后来转嫁给英王亨利二世,并帮助丈夫战胜了前夫。剪发事小,竟因此断送了江山。

十字军东征时,激进的人去了巴勒斯坦,留下的都是些老实人。英国教会轻而易举地说服了市民剪发,不料杀出个程咬金,一位名叫弗兹伯的活动家鼓励同胞蓄发,强调以此与其他种族相区分的政治、文化意义,结果男人们又一窝蜂地留起了长发。

几年前,一位英国中学教师要求男生剪掉长发才能进教室,有人在《泰晤士报》撰文为学生辩护,说文艺复兴大师们笔下的耶稣都长发披肩,效法耶稣有什么不好?几天后,那位教师回信反驳,祭出圣保罗的那把撒手锏,认为耶稣留的是短发,否则徒弟不可能说出那种话,肯定是文艺复兴大师们没见过耶稣,按照当时人的发型虚构的。要知道,文艺复兴时代特流行中性。

"你为什么要留长发?"不少朋友头一次见面就忍不住问我。想来,这个问题问得并非无理:现在就连女人都时兴短发,何况我还是个男的。

不过,我从不为这类问题感到尴尬,而会理直气壮地解释:"爱美之心人皆有之。咱大老爷们儿既然不能描眉画唇,只好在天然头饰上下功夫啦!"人是哺乳类进化的极致;哺乳类特有的毛发,也随人类进化升华为艺术。我们的头发早不再像鱼、蛇的鳞片,除卫护之外,还司审美。头发一旦成为创作材料,作品便有了许多附加的含义。美是不分性别的,美发并非女人专利。《圣经》里写了一个故事:头发稀疏的以色列先知以利亚,被一群伯利特城的孩子嘲讽为"秃驴",倍感受辱,于是"以耶和华的名义"恶语诅咒,结果四十二个孩子被两头从林中窜出的熊撕成碎肉。《圣经》里的英雄参孙,因头发被剃而气力顿失,悲惨败阵。三国时的曹操,因自己的战马踏坏了农田,割下一缕头发以示自惩……总之,古今中外我能举出一大堆例子,证明头发象征着男人的尊严。当然,一旦说到我自己,其中还是有其他的原委。

上小学时,全班男生都剃寸头,只有我的头发遮了一小圈脑门。起因并非青春期叛逆,而该归罪于一株枣树。一个秋日,大杂院的孩子们一起打枣,不仅动用竹竿和弹弓,还有个小子抄起了砖头。一块红砖不偏不倚地落在我头顶,砸出个需缝四针的大口子。后来伤口虽然愈合,但有块头皮不再长头发。不过,我对"暴行"的怨恨没持续太久,反而发现了长发的阴柔之美(尽管那时的"长发"还没有小脚趾长),头顶的疤,成了可以与众不同的合法理由。初中时,我希望跟《醉拳》里的成龙一样长发齐眉,动如狡兔;高中时,幻想自己的头发能像雪莱、济慈那样柔软卷曲;大学里,我是北医头一个烫"费翔头"的男生,考虑到法不责众,我自修技艺,让同宿舍的人一个个菊花怒放……现在回想,那时烫头不仅臭美,还是一个好孩子的温柔反叛。后来,我到音乐学院读研究生,半长的发式成了与乐神对话的一种情态;出国前剪成短发,循规蹈矩,试图做名不刺激大众视觉的诊所医生。

与时装相仿,一个人的发型与其外表的关系,折射出他或她的个性。或标新立异,或从众如流;或让人接受,或惹人反感。头发的生长,如大地造化,即便收割,还能再长。我们可以根据自己的情绪和喜好随意改变它的形状、颜色与质地,让它充当无声的语言。据说希茜公主每天要花几个小时伺候美发,流浪中的牛虻则放任头发恣意蓬生,如同废墟上疯长的蒿丛。

出国半年后,我遭遇到了人生的重挫——失业、失恋、失掉居住身份,一夜之间坠入深谷。那段时间我得了抑郁症,将自己囚在房间里对窗流泪。我认识了一位迷恋颓废的艺术男孩,他常带我去蒂萨河畔的森林深处。每到夜晚,林中都会点一团篝火,聚来一群边缘的孩子。流水,夜风,蟋蟀,烬火,大家围坐,一夜无话。一张张被篝火映红的脸,就是一席青春的华宴。黎明,在城市苏醒之前,这群人如幽灵般散去。我披肩的长发,就是在篝火的长夜蓄起来的,一是想从形式上的接近他们,二是想通过对习惯的反叛,建立起自己的新秩序。

二十年过去,我不情愿地步入了受脱发威胁的年龄段,头发稀到了一滴雨水落下,就能沿着头皮流到脑门。但也正因如此,我又多了条留长发的理由:长发成了我的青春遗产,既然难免有一天会老得秃顶,那就让它自己天然地掉干净吧。

贝拉的同谋

喜欢看小众电影的影迷们，大多对匈牙利大师塔尔·贝拉有所耳闻，领教过他那慢节奏、黑白片、挑战观众忍耐极限的长镜头美学，听说过那部长达七个半小时的《撒旦探戈》和让制片人破产自杀的《伦敦客》。不过，恐怕很少人知道，在贝拉的背后还有位同谋，他就是匈牙利当代著名作家——克拉斯诺霍尔卡依·拉斯洛。要知道，贝拉拍过的所有电影，剧本都是拉斯洛写的。

认识拉斯洛是在1993年春天，在匈牙利的一座南方小城，在我出国后最潦倒的日子里。我们的友谊，基于他的中国情结。1991年，拉斯洛初访中国，写了部散文集《乌兰巴托的囚徒》。从中国回来，他一进家门就向家人宣布："从今天开始，我们吃饭都改用筷子！"从那之后，拉斯洛到处搜集与中国有关的书籍，留心与中国有关的消息，出门吃中餐，在家听京剧，不管跟谁，开口闭口都离不开中国。

拉斯洛情感丰富,善于表达,对人抱着消耗不尽的耐心和溢于言表的温情。穿深色布衣,戴黑呢礼帽,有一股飘逸的诗人气。他有一双迷人的浅蓝色眼睛,既有孩子的纯真和成人的狡黠,又有音乐人的热烈和思想者的深邃,唇须下的微笑是女性的,能融化陌生,善解人意。他尊崇李白,读过不少李白诗词,尤其欣赏那首《赠汪伦》,在他看来,"要比兰波的情诗还要动人"。听了他的比较,我会心一笑,觉得这个人实在很感性很随意。当然,诗歌本身就是一种暧昧的文体。

1998年初夏,拉斯洛经过几年的筹划重访中国,特意邀我与他同行。一个月里,我们沿着李白的足迹走了十几座城市,沿途做了大量采访,所有的话题都离不开李白。跟中国文人谈李白并非难事,他们总能说出"诗仙"的一些所以然,但一位蓝眼睛的老外拦住一位路人或一对情侣,然后冒失地问:"你知道李白是谁吗?""你能背李白的诗吗?""你为什么喜欢李白?""假设李白坐在你的旁边,你最想跟他说什么?"更滑稽的是,最后还要加上一个欧洲人的浪漫:"你认为李白和杨贵妃做过情人吗?"不用说,你肯定可以想象出对方瞠目结舌、忍不住喷笑的表情吧。

我确实觉得他很搞笑,于是忍不住反问他:"如果你在布达佩斯街头,一个中国人问你知道裴多菲吗,问你想跟裴多菲说点什么,你也肯定会尴尬地傻笑。"拉斯洛慢条斯理地回答说:"只要你继续追问,我总会向你说点什么,即使是说'不知道',那也是一种回答呀!"拉斯洛的话让我茅塞顿开,原来他问话的目的不仅在于答案,还在于可能被对方激发的灵感。显然,作家的逻辑与常人不同。后来,我帮他整理完14盘录音带,才体会到他的用心之处:他要讲的并非我们知道的李白,而是一位欧洲人心目中的中国诗人。

回到布达佩斯,我对拉斯洛的作品产生了好奇,于是找来他的小说集开始阅读,我读的第一篇小说是《茹兹的陷阱》。那是我有生以来第一次阅读匈牙利语作品,几乎每个词都要查字典,每句话都要推敲语法。读了半页,我决定把它翻译过来,那样既能学了匈语,也练了中文。就这样,我花了半个月时间翻译完这篇八千字小说,后来才知道,我第一次翻译就啃了一块硬骨头,因为拉斯洛的文字是匈语作家里最难的。阅读自己译好的作品,我感到一种莫名的兴奋,并激动地发现:我找到了两种文字之间互通的暗道。从那之后我翻译成瘾,直到成为凯尔泰斯的中国声音。2006年起,我在《小说界》主持"外国新小说家"栏目,我介绍的第一位作家就是拉斯洛,第一篇小说就是《茹兹的陷阱》。

有一次,我陪拉斯洛到西安旅游,在一家四星级宾馆里,按摩女的骚扰电话持续不断。拉斯洛起初用英语回绝,后来一怒之下改用德语。我问他为什么要用德语?他说德语听上去比英语硬些。我问他为什么不用匈牙利语? 他想了想说:"我不会骂人。"

在成都,我们遇到一位当红作家,那人得知拉斯洛四年才写一部小说,平时只能靠奖学金度日,于是饱含同情地问我说:"他既然这样,干吗还要当作家?"随后炫耀起自己三个月完成一部小说, 半个月写一集电视剧,以及有车有房有别墅的优越生活。拉斯洛听了轻轻一笑,扭头问我:"你问他,他是作家吗?"

"小大国"

    去匈牙利朋友家，只要看到墙上挂着匈牙利地图，十有八九是一战前奥匈帝国时期的老地图。匈牙利与奥地利有着"不打不成交"的历史渊源，虽然以裴多菲为代表的匈牙利人曾在1848年掀起过一场轰轰烈烈、以悲剧告终的反抗奥地利统治的民族独立革命，而十年后它与奥地利结成二元制帝国，将匈牙利带入了历史上最辉煌的繁荣时代，如今布达佩斯的所有名胜，几乎都是那个时期留下的。

    帝国的缔结悲喜参半，先给匈牙利经济带来了好处，后给匈牙利人留下了重创。第一次世界大战，匈牙利被奥地利拖进战火，战败后帝国瓦解，奥地利领土安然无恙，匈牙利却成为替罪羊惨遭分割。《特里亚侬条约》使匈牙利丧失了三分之二的土地和三分之一的人口，从一个中欧大国变成小国。二战中，收复失地心切的匈牙利人轻信了希特勒的许诺，结果又被拖进战火，随德国战败,刚要回几年的领土还没等焐热,得而复失。难怪匈牙利与邻国关系紧张,境外的大片土地曾经都属于自己,至今住的多是匈族人。

现在的匈牙利确实很小,土地和人口都是中国的百分之一。从疆土面积看,还不比中国最小的省;从人口看,还不如中国最年轻的城市——深圳,但是让人惊叹的是:这样一个区区小国,还是令人不可思议地将自己变成了让人不得不服的"大国"。

我常跟朋友讲:不要小看匈牙利,人家的诺贝尔奖得主有14位! 物理、化学、医学、经济、文学、和平等领域面面俱到,若按人口比例计算,匈牙利是当之无愧的"诺奖大国"。

"计算机语言之父"是匈牙利人,"氢弹之父"是匈牙利人,"原子弹之父"是匈牙利人,"信息经济学之父"是匈牙利,"维生素C之父"是匈牙利人……想当年,惜时如金的爱因斯坦一遇到刨根问底的记者就不耐烦地说:"你去问我的匈牙利人吧!"原因是,在爱因斯坦的实验室里,一大半科学家来自匈牙利。核物理学家维格纳尔·耶诺因研究量子力学理论而获得诺贝尔物理奖,二战时期在开创原子时代功勋卓著,是世界上第一位核反应堆工程师。冷战时期,苏美进行裁军谈判,匈裔美籍的经济学家豪尔沙尼·亚诺什开创的新学科——信息经济学帮了尼克松总统的大忙，让美国人能在信息不全的情况下分析对方的政治经济和战略形势。金融大鳄索罗斯虽然没获诺贝尔奖，但他在当今的金融世界翻云覆雨，几个诺贝尔经济奖得主绑在一起也敌不过他。

我们小时候都玩过魔方，要知道魔方的发明者就是匈牙利人。1974年，从布达佩斯科技大学建筑系毕业的小伙子卢比克想研究一种新型建筑结构原理的可能性，用一种特殊方法将26个小方块连在一起，每个方块都有一定的自由度，他吃惊地发现，将这些小方块旋转几次后，要想恢复原样几乎是天方夜谭！这就是著名的"卢比克模型"。一年后，这个既有科学头脑，又有经济灵气的年轻人将自己的发明做成玩具，并且申请到专利权，随后在一个规模很小的生产合作社里投入生产。1978年圣诞节，第一批魔方出现在圣诞市场，卢比克一夜暴富，名利双收。魔方风靡世界，许多国家成立了魔方俱乐部，组织国际魔方大赛，据说魔方比赛记录的保持者是一个美国大学生，他的速度是26秒！后来，卢比克又发明了一种新魔方，叫"卢比克的复仇"，这一"复仇"不要紧，叫有的玩主痴迷过度，玩出了腕关节炎；有的夫妻因玩魔方成瘾，导致性冷淡而离婚。卢比克自己也玩出了名堂，靠着这个小玩意，如今当上了母校校长。

匈牙利人的发明实在太多，数不胜数，比如圆珠笔、火柴、电话交换器、变压器、汽化器、电视显像管,它们的发明者都是匈牙利人。据说,19世纪80年代是匈牙利人发明的黄金时代,平均每年的专利发明在400件以上,现在虽然少了一些,每年也有百八十件。所以,匈牙利是名副其实的"发明大国"。

最后再说一件叫人咋舌的事:匈牙利还是"图书大国"。匈牙利总共有近两万家图书馆,常年读书的人占人口的四分之一以上,平均每人每年读11本书,买20本书,从图书消费上讲,匈牙利人比西欧人更有购书癖。据联合国教科文组织统计,匈牙利是全世界第三读书大国,排名仅在丹麦、瑞典之后。

读书人多,写书的也多,匈牙利的好作家和诗人多得让人嫉妒。作家的地位也很高,即使不读书的人也知道凯尔泰斯、艾斯特哈兹、施皮罗和纳达什,更不要说曾连任两届共和国总统的根茨·阿尔帕特了,他不仅自己写小说和剧本,还翻译了《指环王》。他和捷克的作家总统哈维尔一起,是中欧体制改革中的哼哈二将。

匈牙利不仅是"文学大国",还是"音乐大国",只要提一下李斯特、柯达伊、巴尔托克的名字,就可以让人心服口服。我学钢琴的时候,弹的一个曲子就是勃拉姆斯的《匈牙利舞曲5号》,勃拉姆斯是奥地利人,却对匈牙利民间音乐情有独钟。上海世博会匈牙利馆内,在倒悬的丛林之下,在波浪般的声场之内,我们看到匈牙利人又一个令世人瞩目的新发明——"贡布茨",匈牙利语意为"球"。但这不是一个普通的球,它是世界上第一个只有一个稳定平衡点和一个非稳定平衡点的均质物体。表面上看,它跟孩子们玩的"不倒翁"有些相似,但要知道,"不倒翁"的底部有一个内置的重物,而"贡布茨"则是完全均质的,象征了匈牙利人在多灾多难历史中的"屹立不倒"和对"和谐""平衡"的终极向往。

老外爱起中国名

　　住在国外，总有当地人要我帮他们起中国名字，再用方块字写到一张纸上，然后如获珍宝地回家钉到门上或贴到墙上。这种时候我挺矛盾，态度总是半推半就。之所以"半推"，是因为我本人不喜欢起外国名，总觉得一个人的名字如同面孔，该是一对一的，如果再起一个名字，等于戴上一张假面，不管起因如何都觉得别扭。正因如此，我出国已经二十年，始终不肯在名字的问题上入乡随俗，宁可让老外把"余"念成"义乌"，把"泽"变成"贼"，宁可最后删繁就简，让朋友叫我"民"，也不想被叫作"卡博尔"或"托马斯"，因为我实在无法想象那些洋名能与我同一。每去医院看病，听到护士一本正经地唤"义乌贼民"，我既觉得好笑，又暗自得意，感觉在逼着老外学中文。

　　"半推"的同时之所以还"半就"，则是由于求我帮忙起名的老外都是中国文化的崇拜者，从感情上来讲我既不想让他们失望，也不想打击他们的亲华热情，所以还会满足他们的心愿。我在布达佩斯认识很多汉学家和学中文的学生，确实有不少老外的中文名起的很棒，在老一辈中，有年近九旬的匈牙利汉学鼻祖陈国老先生和夫人范凌思，不久前去世的中国近代文学专家高恩德，研究中国戏剧的谷兰女士；在与我同辈的人中，有我在《欧洲醉行》里提到过的好友卓力，现任匈牙利驻沪领事馆文化参赞的李雅娟……不过，由于他们的名字太中国化了，光听名字，让人很难想象他们是外国人。匈牙利名字本有很强的民族性，但在他们的中文名里，这种特征丧失了，名字与人的同一性只对熟人而言，跟绰号无异。

我半推半就地给外国朋友起名，还有一个原因是怕他们自己翻字典。好几年前，我陪匈牙利作家克拉斯诺霍尔卡伊·拉斯洛出访中国，拉斯洛的小说不仅在欧美文坛地位显赫，根据他的小说改编、由著名导演塔尔·贝拉执导的《撒旦探戈》《鲸鱼马戏团》，更是电影史上的经典之作。有一次，我陪他在北京拜访一位中国学者，他从包里掏出一张名片郑重其事地递过去，对方接到手里看了一眼，一脸狐疑地皱眉问我："他的名字是你给起的吗？"我被问得云里雾里，朋友的名字长得连我都一口气读不出来，怎么可能是我给起的？！于是，我凑前一步，扫了对方手中的名片一眼，突然扑哧笑出声来，连连澄清：

"不是,不是,绝对不是我起的!"我紧张的口气和夸张的表情,好像生怕被人家误当小偷抓了。

原来,拉斯洛的名片是用中文印的,名字由极长变成极短,只有两个字——好丘。

我忍不住咯咯笑了好一阵,笑过之后,向朋友问原委。原来,朋友的这个中文名是他动身前特意请一位学中文的匈牙利汉学家给起的,主要由于他的家姓有"美丽的山丘"之意。给他起名的人还得意地告他:"好"字可以有两解——"美好"和"喜好";"丘"字也可以有两解——"山丘"和"孔丘",因此"好丘"这个名字一语双关,既可以理解为"美丽的山丘",也可以解释为"喜欢孔夫子"……听朋友讲得振振有词,头头是道,弄得我不好意思再笑他了,毕竟人家的初衷令中国人感动。以后我就学乖了,再遇到朋友发名片的场合,我就趁对方尚未看清名片上的内容之前抢先一步,讲解这个古怪名字的来龙去脉,一是防止对方笑场让朋友难堪,二是避免人家猜疑我脑子有病,居然给老外起这样的怪名。

不久前,我新翻译的匈牙利长篇小说《宁静海》由人民文学出版社推出。去年秋天,该书的作者巴尔提斯·阿蒂拉应上海作协之邀,去沪住了两个多月,参加上海国际写作计划活动。《宁静海》的编辑付艳霞特意赶到上海与他会面,回京之后,小付在MSN上跟我大夸作家的风度,告诉我交谈的收获,也讲了一个十分可爱的小插曲:他俩谈话之间,巴尔提斯从兜儿掏出一张写有三个中文字的纸条给她看,希望中文版翻译他名字的时候用这三个字。小付一看就憋不住乐了,说"这不是人名,是个庙名。"并问这名字是谁给起的? 巴尔提斯回答,说是自己根据发音从中英字典上挑出的字,觉得这三个字既贴近自己名字的发音,又能代表内心愿望——他希望自己的身心能够达到清静妙觉的佛家境界。听他讲得如此认真,弄得小付不好意思再乐,于是耐心地向他解释,外文名翻译要符合中文习惯,并不是什么字都能用的。

巴尔提斯一从中国回来,立即约我在布达佩斯见面。谈笑中,提到"钵体寺"的那段插曲,作家突然想起什么,立即起身请我去书房。写字台上,摊着几张毛笔字,他说是一位上海女作家为他写的,他指着其中一幅告诉我,这就是他的中文名——圣寿。

我不禁惊叹,这个名字起得真够响亮的! 我纳闷他是怎么找到的这两个字,恐怕翻遍字典也难找出比这两个字更至高、更吉利的了。他告诉我说,这个名字是根据一个庙名改的,并给我讲了他取这个名字的来龙去脉。要知道,在去中国之前,他也跟我一样,认为只可能有一个名字与自己同一。后来,他把这段心路写进了《宁静海》的作者序里,小说家宁肯和评论家杜庆春,读了之后都跟我说:作者的这篇序写得真好!

　　驻沪期间,巴尔提斯搭长途车造访了长兴水口的千年古刹——寿圣寺。他在竹林间的客房里痛哭了一场,"并没有发生什么特别的事,只是在陌生之地,四十二个春秋的甜酸苦辣倾囊倒出,不过体系还能运转,就像用锄头刨开了一座蚁丘";在银杏树下静坐了一夜,"试图把我那些四散奔逃的蚂蚁一只只地捉回到一起。想要重建体系。我找到了自己习惯了的、安全有效的焦虑不安";在拂晓僧人们去用早餐时,他回屋躺下,并且发现,"我既没有把我四散奔逃的蚂蚁捉回到一起,也没有忘记它们,我只不过意识到了,这座蚁丘坍塌了。现在,在远离我的写字台一万公里的地方,我与宁静同一的程度,就跟十年前我曾与《宁静海》同一的程度完全相同。"

　　就这样,一个生平第一次远离自己一切如此之远的外国人,在远离自己的语言、信仰、孩子、情人和写字台一万公里之外的中国,找到了内心久违的宁静。

每个人都是少数者

　　夏夜。布达佩斯。我去多瑙影城看最新上映的《海盗》。正片播映前，银幕上照例是一堆稀奇古怪、眼花缭乱的消费品广告，其中夹杂了一部不过一分钟的"公益广告"捕摄住我，对我的冲击甚至超过了正片本身：

　　在摩登写字楼的电梯内，一位面色疲惫、脊背微驼、衣衫褶皱的清洁女工，一手拎着塑料水桶、一手攥着拖把走进电梯，站在角落。随后跟进来的，是三个衣着暴露、魔鬼身材的时尚女郎，她们都要比女工高出一头，感觉良好得像画布上的女神。电梯启动，三女郎神态夸张地搔首弄姿，大声嬉笑，不时轻蔑地瞥一眼紧贴角落、自惭形秽的中年女工。女人将水桶放在脚边，两手攥紧拖把，缩着肩垂着头，将视线埋在被污水浸湿了的鞋帮间，女郎们飞蝶似的声声轻笑，跟一把把刀子割着她木讷的脸。上升的电梯，变成残忍的刑室。

　　电梯停了，自动门打开。两名女郎有说有笑地出了电梯,换进两个跟中年女人穿着同样浅蓝色制服的年轻女工。

电梯重新启动。两名年轻女工身体健壮,声调粗朗,她俩一边跟同事搭话,一边故意扭过脸没有礼貌地盯着时尚女郎露脐的打扮,毫不掩饰心里的嘲讽和厌恶。

一阵沉默,电梯里突然被暴笑声充满,其中一个边笑边故意挥手中的抹布,时尚女郎不知所措地背过脸去。这时,那位中年女工也终于长舒了一口气,紧皱的眉头舒展开来,而且如释重负地抬起了脸。刚才还跟女友嗤笑的时尚女郎,此时难受得无地自容,仿佛被人剥光了衣服丢在万人围聚的广场中央,自觉羞辱地咬着嘴唇,眼睛死盯着紧闭的门缝,恨不得变成只蚊子逃出电梯⋯⋯

的确,这是一个每天都在我们身边发生,却很少为人注意的客观事实:日常生活中,我们每个人都可能随时随地成为一名"少数者"。但是,当我们作为"多数者"时,又有多少人能够将心比心地体恤那些"少数者"的感受呢?有谁想过:在以天主教为第一大宗教的欧洲大陆,尽管深居梵蒂冈宫内的教皇代神宣旨,权倾诸国,威仪四方,但他也无力保佑自己的信徒在大不列颠岛上不成为"少数者",甚至曾遭受驱逐和迫害。

1534年,英王亨利八世爱上了王后的侍女安妮·博琳,请求罗马教皇批准自己与来自西班牙的阿拉贡公主卡塔琳离婚。他的理由是,他与卡塔琳的婚姻"违背了上帝的旨意"。原来在二十五年前,当时还不满18岁的新国王亨利八世,娶了他短命哥哥亚瑟的新娘——比他大六岁的卡塔琳。按理说,英王提出离婚的理由十分充分,《圣经》里的《利未记》里清楚地写着:与嫂子同眠罪孽深重……但遗憾的是,教皇也不总是按《圣经》行事。当时卡塔琳的外甥是刚征服罗马不久的神圣罗马帝国皇帝查理五世,教皇不得不在上帝与皇帝之间做出抉择,于是他选择了拖延……

亨利八世对教廷一向忠心耿耿,曾用自己渊博的学识反击马丁·路德对教廷的攻击,因而被教皇授予"国教捍卫者"的殊荣。教皇不准离婚,惹恼了亨利八世,他一气之下与梵蒂冈分道扬镳,通过国会法案,宣布"英王是英国教会唯一的最高元首"。从此,天主教徒在英国变成了"少数人"。1701年,英国议会制订了"天主教徒不得担任国君,及王室成员不得与天主教徒结婚"的规定,至今被工党议员抨击为"歧视性政策"。当年爱德华八世因为爱上了信天主教的美国女人辛普森,不得不退位降为温莎公爵。

前些天,我在MSN上遇到远在美国读书的好友关宇。他兴奋地告我的第一句话是:"今天纽约举行同性恋大游行,人山人海,非常热闹。"

接下来,关宇告诉我的第二句话是:"你知道我当时什么感受? 我觉得自己变成了异类! "我听了哈哈大笑。

是啊,当你是"多数人"中的一员时,你对"少数人"的尊重,实际是对同样可能成为"少数人"的自己的尊重。在这个星球上,万物生长,都有其存在的空间和道理;在人类社会里,任何不伤害他人利益的生存都是合理的,都值得宽容和尊重。

倚老卖更老

　　小时候我最爱看《封神演义》和《西游记》，尤其喜欢看各路仙魔神奇古怪的各种变形，一度我曾为书里的人物造像，想象力不亚于人头马或狮身人面像。那类书看多了，情不自禁地想象自己进入场景，晚上走在路灯昏暗的胡同里，想象自己从某棵大树或墙垛后一闪，摇身变成神兽模样。

　　想来奇怪，我从来没有幻想将自己变成仙，即便连我想象出的神兽都有神仙气质。上小学时，我萌生幻悟，认定蚕卵能孵出小鱼，于是撕下一块粘满蚕卵的纸片泡在一个古董级的瓷缸里，放到四合院走廊的台阶上曝晒。一星期过去，蚕卵泡得圆鼓鼓的，想象中的鱼苗呼之欲出。我等得心急，便蹬着小板凳将搪瓷缸举到廊檐下一堵矮墙上，觉得这样可以离太阳近一些。夜里咣当一声，一只猫从墙头跃过，将瓷缸打得粉碎。意外的事故，使我未能面对这主意的荒唐。有一年冬天，我异想天开地将一枚顶针儿放到炉膛的煤球里烧炼,学太上老君炼金丹。放学回来,发现金丹被父亲和炉灰一起倒掉了,连同孩子的炼金梦。

刚读了一本讲欧洲炼金术史的闲书,对炼金术有了新的了解,它既是化学始祖,也是卑鄙骗术。不过并非所有的炼金士都是骗子,许多人的动机跟我小时候的尝试差不多——为了探索奇迹。无知者无畏,对孩子来说,不存在绝对的不可能。

西方人认为,炼金术早于大洪水,要是诺亚没服金丹,不可能活到九百五,更不可能五百岁还连生三子。摩西也是位炼金士,曾给希伯来孩子喝金粉汤治病。不过这种推理本身就靠不住,因为推理者也不能证实诺亚是否真活到了九百五。另外,希伯来孩子喝了金粉汤后,病是否好了。

十三世纪,巴黎有一位名医维尔诺,跟同时代的智者一样也涉足星相学和炼金术。他发明的疗法跟中医有点像,比如涂肉桂汁或动物脊髓按摩,在胸前不同的位置贴药膏,用在空气好、水质净的地方自养的肥鸡滋补身体,虽然他没把蛇肉当药,但让病人吃用蛇肉汤喂的母鸡。由于他的医术高超,关于他的传说也很神很玄,有人说他从地狱捉来七个鬼魂,分别关在七只水晶瓶内,需要哪个帮助就放出哪个。但是,人怕出名猪怕壮,维尔诺最后被宗教法庭折磨死了,想来是怕他真能弄出耶稣般的神迹。

炼金士中不乏骗子,最著名的当数路易十五时代的圣格梅伯爵,他活到七十岁还精神抖擞,记忆力超人,自称活了两千年,靠卖灵丹发了横财。由于学识渊博,深谙世故,侃功深厚,动辄就回忆如何与古代圣贤煮酒论英雄,且从不露破绽。老百姓就是这样,一旦信了一个人,便互相攀比谁更相信,因此圣格梅伯爵的年龄也被越传越大,甚至超过了造方舟的诺亚。的确,他说自己越老,越无人能否定,怀疑他的人反被斥为"无知"。

在中国也一样,谁活到最后谁就是真理,年龄本身让权威增值。同龄人越少,话语权就越大,只要在肉体上熬过了同龄人,就可以大大方方地改写历史。中国知识界有那么多的恩恩怨怨,比如鲁迅与郭沫若、徐悲鸿与刘海粟、聂绀弩与黄苗子、丁玲与周扬,总是以长寿那一方的回忆画句号,反正死无对证。沈从文算聪明的,他将自己与范曾的过节写成了文章,编入文集,以不变应万变。谁笑到最后,谁笑得最好。看来,长寿才是人生的大智慧。

母性崇拜

在一本介绍欧洲文化史的书里,看过一幅有趣的版画。版画很粗糙,出自文艺复兴时期的无名艺匠之手,画面中央站着一位体态丰腴、发髻高盘的裸体女性,微微低头,看着胸脯,两只手捏紧高隆的乳房,两道奶汁交叉喷出,如街心喷泉般洒落在地,头上是云,远处是山,背后是城堡和教堂,围着她的是狗熊、狮子、麋鹿和山羊。毫无疑问,那幅画的核心是母性崇拜,没有上帝,没有天使,没有男人,没有色情。

从历史上看,人类对母性的崇拜远比对神性的崇拜早得多,如果你去土耳其安那托利亚半岛中部的加泰土丘遗址,就能感受到世界上最早的母性崇拜。有趣的是,在希腊语中,安那托利亚是"东升"的意思,指这片土地位于欧洲东部(日出之地);而在土耳其语中,希腊语的安那托利亚,读音很像"被母亲充满"(母亲之地)。

遗址里有一个装饰丰富的神殿,地板被漆成红色,那是血液与生命的颜色，尽头有一个橘红色的高台，高台下葬着一对母女。母亲的身体涂成绛红，小女儿的身体涂成鲜红，她们在那里已经沉睡了八千年。女孩戴着贵重的饰品，项链和手镯是用蓝、绿、黑、白的彩石串成，上面还饰有鹿牙和珍珠；妇人身旁放着一把用蓝石灰石制成的权杖。在厅的另一角还有一个矮些的墓穴，里面葬的是个男人，他是丈夫、儿子、父亲、神职人员，还是男仆？我不得而知。据说在加泰土丘埋葬的女人要比男人多得多。

　　加泰土丘是个迷你小城，建在公元前六千年的新石器时代，面积只有十三公顷，相当于二十几个足球场，两千间房里住了八千人，不过古怪的是，房子盖得密密麻麻，居然没有一条街道，居民们出门就得上房，逛街时在屋顶上走。小城繁华了逾千年，超过了后来的罗马帝国，它是世界上第一座饲养家畜、灌溉农耕的原始城市，并且制陶织布锻造铁器，被史学家视为欧洲城市文明的发源地。

　　这座原始的圣殿充满了神奇的想象力，在壁画上，可以看到美术史上的第一只豹子，更绝的是，还有神秘的公牛和怀孕的女神。在另一面墙上，在一具骷髅的头顶有一个石膏做成的牛头，长得夸张的牛犄角指向神殿深处，对面墙上画着一个劈着腿好像在分娩的女人。在另一个厅里供着一只野猪的下颌骨,骨头上刻着女人的乳房。在另一个厅里,女人的乳房正在变成一只鹰头,红色的乳头变成了鹰嘴……这一切都记录了加泰土丘人对母性的崇拜。

母性,不仅孕育生命,也孕育死亡。人们爱她,渴望她,敬畏她,也憎恨她,就像人类后来对神一样。人类在地球上至少生存了两百万年,如按绝对的时间计算,人类几乎一直生活在一个原始自足的伊甸园里,当然那时的自足,是因为物欲很少,维持部落生存的方式之一,就是将"多余的"女婴弄死。这个听起来十分残忍,但并非出于对女性的对憎恨,而是为了控制人口,也是母性崇拜的一个内容。在原始人眼里,母性即神性,能决定生死存亡。

没有人知道从何时开始,原始的伊甸园开始荒芜,人们将安居的田野变成了杀场,个体欲望替代了群体利益,从物质享受的角度讲,这是进步,但从人类和谐的角度看,则是永远的失乐园。发展到今天的消费社会,人们渐渐忘了,祖先到底为了什么而付出失乐园的代价?是为了更自由的享受生活,而不为充当物欲的奴隶。在这个过程中,自然的母性之神逐渐被人造的宗教神祇所代替,智慧和物欲逐渐凌驾于自然生活之上,男人也翻身成了"第一性"。女权运动搞了一百多年,无非为谋求男女平等，无论"妇女节"，还是"母亲节"，说破大天，都是男性世界为尊重女性或赞颂母性而划出的某一天。

诚然，今日的广告、杂志到处都是养眼的美女；金融、商界出现越来越多的女强人；女孩们变得越来越泼，越来越辣，越来越善操纵、控制和利用男人；女郎们变得越发独立，越发自主，甚至奉行独身、丁克或周末夫妻；甚至有人预言"女性崇拜"的时代到来……但在我看来，这种相对于过去的阴盛阳衰，不过是与性别妥协伴随的中性趋势，既非母性崇拜，也非女性崇拜，而是与母性相违的女儿崇拜，或老姑娘崇拜。

我爱坐台

平时我喜欢泡酒吧,主要原因有三:一能在嘈杂中放松身心,言语无忌;二是能替代一部分饭局,变相减肥;三是喜欢坐在吧台跟陌生人聊天,遇到知音可酒壮色胆,若话不投机可择机而逃。在国外,吧台总是酒吧里最富戏剧性的角落,就像聚光下的剧院舞台。

按照人们通常的泡吧习惯,朋友们聚会爱围坐大桌,大呼小叫地推杯换盏;情人约会,偏爱包厢或远离门窗角落,借着轻窜的烛光窃窃私语;至于独来的客人,多坐在吧台前的高脚凳上,时而背对喧嚣自斟自饮,时而饶有兴味地冷眼旁观,时而跟吧台后的酒保闲聊几句,时而伺机跟旁边的陌生人搭上话题。总之,吧台是具有两重性的空间,既是孤独的角落,又是最容易交友或有艳遇的地方。

追根溯源,吧台的资历老于酒吧。早在十八世纪前,吃喝住一体的客栈多是主人私宅的一部分,厨房成了主人、仆人和客人共用的空间,灶台上不仅上菜上酒,还兼有收钱的柜台功能。后来随着生意扩大,不仅客栈与家宅分开,还形成了各有侧重的饭馆和酒馆,到了近代,服务行业分工更细,出现了干脆不供餐的酒吧。酒吧为了方便客人,多由侍应生到酒桌旁结账,这样一来,柜台逐渐演变成吧台,成为酒吧里特殊的社交空间。

酒吧里,吧台的位置最为特殊,吧台前的客人与坐在大堂里的不同,鼻尖前就是啤酒的龙头,不仅可以直接点酒付账,感受近水楼台的优越,而且还离吧台后忙碌的掌柜最近,可以亲热地攀谈,削弱了纯粹的买卖关系,增添了几分感情氛围。

另外,喜欢坐在吧台的都是单身客,攀谈是他们的共同愿望,因此在吧台结识陌生人再自然不过。相反,围桌而坐或躲在包厢里的客人相对封闭,一起来,一起走,很少能有外人介入。至于坐在桌边的单身客,或是等人,或是想独处,陌生人坐过去颇显唐突,除非你存心想认识他(她),但要做好被冷落的心理准备。爱坐在吧台的客人不然,很少会拒绝跟你搭话,除非人家一看你就反感。

我很少独自泡吧,如果一个人去,肯定是在孤独的夜晚,而且肯定喜欢"坐台"。人对孤独的解决常走极端,或绝对自闭,或渴望倾诉。我看过一部智利电影《床上》,在长达85分钟的影片里,演员只有两个(一对邂逅的男女),场景只是一处(一间旅店的客房)。电影很性感,但没拍一个销魂镜头,只有云雨后的喋喋不休。两个陌生人从无语到寒暄,从好奇到倾诉,从陌生到熟悉,最后各自吐露了绝对隐私:天一亮就要离开圣地亚哥去布鲁塞尔读博士的布鲁诺,向女孩吐露了儿时的隐罪;后天就要举行婚礼的丹妮拉,向男孩吐露了对未来丈夫的恐惧。

"你为什么把这样的秘密告诉我?"丹妮拉不无感动地问。

"因为我们以后永远不会再见。"布鲁诺不无绝望地回答。

吧台就是一个类似的地方,只是比《床上》潜藏着更多的可能。你可以找一个你觉得舒服的陌生人攀谈而无须顾忌他的年龄、性别,也可以将一个本与你生活无关的人变成未来的朋友。你们可以在吧台相识,然后转移到桌旁或包厢,也可以随时告别,重新坐回吧台观察新的面孔。在单调重复的日子里,吧台是一个可以让平常变得不平常的小舞台。

不过,我在国内泡吧却不爱坐台,一是那儿多被"小姐们"占据,二是很少有善谈的掌柜。要知道,一个好掌柜要有丰富的观察力和理解力,等于半个心理医师。

你抑郁过吗?

生活中,你我他都可能抑郁或抑郁过,
人体是一具精巧的乐器,我们该学会如何使用和保养。

(摄影:佟伟)

卖报叔

很喜欢朋友拍的这张题为《Chairman》的照片，

给了那些爱读书报的乞丐幽默和尊严。

（摄影：班库提·本茨）

你抑郁过吗？

周末,去离布达佩斯四十来公里的一座小城探望一位朋友。医院坐落在河边,在一片即使到了初冬仍是绿色的草坪上,几株悬铃树的叶子纷纷落下,在树干周围铺出一个个金色的圆,落叶下的草还是碧绿的,但草叶间多了一股潮腐的气味。阴天下的河水是蓝灰色的,要不是有从上游漂下的树枝,根本感觉不到是在流淌。

朋友住院一周了,我去的时候,他正倚在病床上看DVD电影,边看边笑,一点看不出有病的样子。更见鬼的是:他在看他从来不看的卡通片,并说这是大夫给他开的"处方",每天早晚都要看上两部。朋友说,刚开始时他有点抵触,感觉是对自己智商和情商的羞辱,但是后来看上瘾,不仅感受到夸张中的幽默,而且感到久违的孩子式的快乐。

我趴在床边跟他一起看匈牙利成人版的《白雪公主》,片中的公主五大三粗,笨手笨脚,打个喷嚏能把七个小矮人震到房顶……我跟着他咯咯大笑，笑得上气不接下气。

"没想到卡通片这么有趣，真不可思议，你竟会为一头驴子的故事感动。"他说。

"是因为生活的节奏，让人省略了许多细腻的感受。"我说。

"是啊，人经历得多了，反而变得粗糙了。"

"感情本身并没粗糙，只是由于我们在时间上的吝啬，结果把许多感受屏蔽掉了。"

朋友住院，不是为做手术，而是为了精神疗养。前段时间，外向好动的他突然感觉两眼发黑，起不了床，整个人变得神经兮兮，多疑多虑，如同一只内翻的海胆，所有的触觉的芒刺都转向自己，对周围的一切感觉漠然，就连宝贝儿子的事情也不再关心……医生说他得了抑郁症，是由过度的紧张疲劳引起的，建议他住院休养，暂时中断与外界的联系，就像一台用久了的电脑，垃圾太多，内存太满，需要清理之后重新启动。

在医院里，每天跟医生谈一个小时，剩下的时间就是看DVD，听歌，散步，吃喝拉撒睡，内容简单地像个婴儿。开始的几天，由于被禁止上网和使用手机，他感觉像被吊在空中，没着没落。然而一周过去，他有了一种被解放感，舍得花上个把小时回忆一件往事。他惊讶地说，虽然还没到要靠回忆生活的年纪,但第一次觉得回忆是一种享受。

抑郁症是种现代病,据说全世界的抑郁症患者多达1.2亿,预计2020年,它将成为人类仅次于冠心病的第二大常见病。事实上,没有人一辈子没抑郁过,而且不是所有人都能熬过来。十年前,德国做过一次"抑郁与自杀倾向"的调查:仅1996年,德国就有1.2万人自杀身亡,25万人自杀未遂! 深圳富士康的十几连跳,更为抑郁症发出了警示。

记得1998年秋天,挪威首相府发出一则爆炸性新闻:蓬纳维克首相因重度抑郁而暂时休假。事后,蓬纳维克首相回忆说,他抑郁的原因一是因为超负荷工作,二是母亲和两位挚友先后过世,情感的疼痛需要时间化解。他之所以决定宣布病情,一是避免休假引起公众猜疑,二是想促进社会对抑郁症的理解与重视。三个半星期后,蓬纳维克重新投入工作,他的支持率不但没跌,反而攀升。支持、理解、信任、倾诉的信件数以千计。想来,面对自己也是一种勇敢,能够面对自己的人,才有可能对社会负责。想当年,丘吉尔和林肯均受抑郁症折磨,不过在那个年代,即使他们有勇气公布病情,也未必有蓬纳维克的幸运。后来,蓬纳维克稳坐首相宝座,抑郁症效应也立下了汗马功劳。

生活中,你我他都可能抑郁或抑郁过,人体正如精巧的乐器,我们该学会如何使用和保养。蓬纳维克说,他从抑郁症学会了生活,林中散步,听古典音乐,和家人共进长时间的晚餐,都是人生莫大的快乐。

卖报叔

布达佩斯街头，特别是地铁站的地下通道或大、小环路上的有轨电车沿线，经常能碰到衣衫褴褛、但胡子拉碴的大叔或嘴瘪没牙、枯发蓬乱的大婶向行色匆匆的行人和等车的乘客兜售一本很薄的彩色杂志——《无家可归》。他们一般并不叫卖，而像穿了磁悬浮鞋似的悄无声息地凑到你跟前，将一本已攥得皱巴巴的杂志伸到你眼前，通常眼皮都只抬一半，目光从不会与你相遇。当然，他们不看你，不是出于傲慢，恰恰相反，是因为自卑，一天里，他们要面对无数张鄙夷的脸。

我家住安德拉什大街旁的一条小巷，离家回家经常碰到这样的"袭击"，通常我会不予理睬，下意识地加快脚步或转身避开，既不愿意被他们触碰，也不忍心流露出害怕和厌嫌。毕竟我是外国人，毕竟也有过落魄的日子，毕竟我要提防不测的攻击。还有个原因，我很怕流浪汉身上散发出的汗臭、口臭、衣服上的油腻味或熏人的烟气酒气。出于善良我不愿流露,但心里确实抵触。总之,这么多年,我从来没买过他们的报纸,不过偶尔遇到面相老实的老妇,我会出于同情,往她手里放几枚硬币,报纸让她留着卖给别人吧。我跟朋友聊过这个问题,我同情老妇不大同情老头儿,可能是因外公早逝,我从小跟外婆长大的缘故。

今天下午我出门办事,突然天昏地暗地下起了大雨。我三步并作两步跑到4路有轨电车站玻璃棚下躲避,有一辆电车刚刚开走,车站只有我一个人。我见雨没有要停的意思,便定下心神,靠着冰凉的玻璃隔板,掏出手机读《呼吸秋千》,正读到"高高的天际上是一轮圆月。我们呼出的气息在脸前飘过,晶莹剔透,一如脚下的白雪。四周是上了膛的冲锋枪。现在要做的是:脱裤子……"突然有样东西沙沙带响地塞到我眼前。

我下意识地躲了一下,警惕地握紧手机,一时没有想好该揣进兜儿里,还是该继续攥着权当凶器。新闻里说过,有吉卜赛小子专抢手机。与此同时我抬头望去,一个衣着虽旧,但看上去干净的五六十岁的中年男人正将一份套着塑料袋的《无家可归》递向我。或许我刚才的反应有点过度,反倒把他吓了一跳,一时不知所措地定在那儿,伸出的手不知是该收回去,还是继续试试?

不知为什么,那一刻我没像平时那样回避,也许一是因为棚外下雨,二是觉得对方并无恶意,也没臭味,头发跟胡须也收拾得挺干净,不像是个流浪汉。

雨下得很大,水墙一样将我俩与周围隔开,这时无论他和我的每个举动都会被放大,都会暴露出内心活动。我不想被他纠缠,也不想惹他失望,于是第一次掏钱买了一本。封面是一位很有名匈牙利女演员,对方主动告诉我,这篇采访是他做的。

"原来你是记者?"我的语调变得热情,并告诉他我也当过记者,现在翻译写作。

我好奇地问他这杂志的来历,他说是1993年创刊的,主办方是一家福利基金会,他已经给杂志工作八年了。我歉意地笑道:"你要不说,我差点儿把你也当成流浪汉。"

男人脸上刚刚松动的肌肉又突然僵住,迟疑了片刻,告诉我他也是一个无家可归者。我不相信,流浪汉不可能这么干净。他说附近有一个专给他们开的福利浴池,别人几天才能轮到一次,由于他是"元老",可以天天洗。他说这份杂志除了主编,其他的活儿都是他们做,从印刷厂取回来大家分头上街兜售,然后按比例提成……

我突然语塞,不知该同情还是鼓励。他倒打开了话匣子,说虽然干这个挣的钱还不够买面包,但至少比要饭有尊严。他还告诉我,伦敦也有一份类似杂志,但是名字要好听得多,叫《大话题》,有一次英国女王亲自上街花印有她头像的1英镑买过一份。接着,他指着封面上的女演员得意地告我:"她每期都会从我这儿买。"

画框里的开关

　　亚诺什是跟我有十五年交情的好朋友,在他家一进门的右手墙上,有一个自行车铃形状、可以上下扳动的老式开关;开关嵌在一个杂志大小的画框里,并和相框一起漆成了白色;开关没有连电线,自然也没有开灯关灯的功能。《画框里的开关》是亚诺什十几年前在一次宿醉之后灵感突现的拼贴作品,许多去他家串门的朋友,都会习惯性地"咔吧咔吧"扳动两下,并下意识地望望天花板上的吊灯。亚诺什是位文史学家,从来没有搞过艺术,但是在我眼里,在这幅偶然之作中所包含的智慧和幽默,并不逊于杜尚当年将小便池倒置。

　　拉尔夫虎背熊腰,酒量惊人,是个性格豪爽的巴伐利亚人。拉尔夫是一家德国铁路运输公司的东欧负责人,不是商业周旋,就是指挥吊车,成天跟火车头和集装箱打交道,做事严谨,脾气暴躁,手下人全都惧他三分。但他一进家门就变了个人,不仅是殷勤的丈夫、和悦的父亲,还是位心细的巧手工匠。他不仅打些小家具,还亲手给孩子们做玩具,最让我喜欢的,是挂在客厅墙上的一件"装饰浮雕"。拉尔夫将妻子用过的袋泡茶收集晾干,然后用大头针井然有序地钉在一块涂了底色的木板上。袋泡茶因品种不同而颜色不同,即使相同的品种,也会因泡时长短、水温高低而在纸袋上留下不同的水渍,看上去有如和谐的乐谱。

在不少欧洲人家,都能看到类似的垃圾艺术,要比国内人花重金购来的假古董更显情趣。买来的和创作的,前者倾向于表现主人的口味和财力,后者则是智商和情商。

记得台湾作家三毛曾在一篇散文中记述了自己的浪漫,她喜欢捡石头画石头,收集树根装饰房间,甚至棺材板做沙发用废轮胎做坐垫,然后坐在上面体会女王的快感。无独有偶,在法国的夏特尔小镇,也出过一个跟三毛一样喜欢捡破烂装饰家的浪漫情种,他是一位名叫雷蒙·伊希多尔的清洁工,用北京话说,是个"扫大街的"。

或许出于职业习惯,雷蒙出门总眼盯地面,喜欢搜集所有闪亮发光的东西,什么碎玻璃碎陶瓷啊,什么塑料片金属片啊,最初搜集时并没有目的,只是觉得好看,只是因为颜色漂亮并闪着光彩。雷蒙把捡来的东西堆在花园,日积月累,堆成座小山,尤其是在雨过天晴,垃圾堆在阳光下充满魔力。在20个世纪30年代，雷蒙既没去过巴塞罗那，也没听说过建筑家高迪，但他突发奇想用彩片装饰自己房间的念头，却与西班牙大师同工异曲。无论是在墙壁、地面、壁炉、烟囱和炉灶上，还是在家具、花盆、缝纫机或收音机上，雷蒙都精心覆盖上一层色彩斑斓的镶嵌画，画面上有人物、动物和想象出的花朵，除了五颜六色的瓷片釉片玻璃片，还有各式各样的美丽贝壳。后来，雷蒙的左手不幸残疾，他又用右手独臂工作了三十多年，除了屋里的妻子和院里的狗外，家里一切都披上了彩衣。

1983年，雷蒙的家被当地政府命名为博物馆，名声虽追不上毕加索，但至少镇上人叫它"毕加索故居"。现在，每当我在商城里看到那些镶着彩石的镜框或嵌着贝壳的马桶盖，都会联想到雷蒙，那位没能享受到经济效益的原始创意者。

法国画家居尔特·斯维戴尔也迷恋过垃圾，一战之后，他由于穷得买不起颜料，就开始用垃圾进行创作。他无时无刻地不忘拾荒，就连螺丝、钉子、标签、废车票、广告单、塞床垫的海绵都在他的搜集之列。如果说雷蒙的审美仍属传统的审美，那么居尔特的审美则是个性的先锋的反叛的，他偏爱那类质地粗糙、带有破坏性的材料，他将那些东西进行复杂地拼接组合，辅助少量的油彩，结果使无序变有序,使破坏性变成建设性。

居尔特有一句名言:"美源于废墟。"这句话或许可以这样理解:用漂亮的东西表现美,缺少挑战性,用丑陋的东西表现美,更能体现人的审美心智。十多年了,亚诺什家我常来常往,但是直到现在我每次进出,仍会忍不住伸手扳两下开关——"咔吧咔吧",画框里的触摸不仅意味着默契的参与,还是一种友情的交流。

购物狂

二三月份，是欧洲疯狂的打折季。许多高档名牌半价兜售，像TERRANOVA或ZALA，能够打到两三折，打折导致抢购，抢购诱发焦虑。许多商店的展窗不见商品，只将橱窗模特扒光了亮在那里，或用条白布遮住下体，欲盖弥彰；要么，干脆用白纸将展窗封死，上面只写Sale或−70%……以最赤裸、最直接、最撩人的手段呼唤人们体内的占有欲。

打折季里，抢购者忘记了购物目的，忘掉了商品的真正价值是取决于需求，他们的眼睛只盯着橱窗里写的百分数或标价牌上划掉的数字与新贴上的数字之间的差额，似乎这个差价并不是不属于自己之物的降价幅度，而是本该属于自己的一笔收入；若不当机立断，这笔钱会给别人挣去；甚至不是挣去，是被人从自己腰包里抢去。

抢购的"抢"字用得很准，就像哄抢地震中坍塌的商铺,没时间考虑需要什么,抓到什么是什么……许多人抢购的感觉就像是抢钱,用虚构的价值满足热病中膨胀的占有欲。

20世纪90年代末,英国剧作家马克·拉文菲尔写过一出轰动一时的先锋话剧《性爱与购物》,在欧洲引发了巨大争议,被戏评家视为萨德主义与唯物哲学的混合产物。拉文菲尔在剧中将购物跟性爱相提并论,以黑色的手法预言了未来世纪人的两个生活主题,其共性都是以生理满足为终点的占有欲。十五年前,我在布达佩斯的一个小剧场里看的这部戏,看完一笑了之,并没有多想,因为我那时还不能想象性爱、购物也能成哲学,不理解购物也能导致生理高潮,不相信人会如此唯性唯物而放弃精神生活。当时,我没有领会到这部戏的现实意义与警示,只是觉得作者对题材处理的手法非常聪明,演员在台上的表现实在大胆,我把它归类于荒诞剧。要知道,那时候的布达佩斯还只有一家购物中心。十五年过去,布达佩斯的购物中心激增到约二十家,周末店铺关门的传统更被打破,购物成了一种生活方式,打折季的抢购成了拜物弥撒,购物焦虑也成了常见病症。

尤安娜是位心理医生,在布达佩斯开诊多年。有一次聊天中她发出感叹,说过去的精神病人大都起因于感情纠葛,现在越来越多的人犯病是因为形形色色的物欲纠葛,"购物狂"就是其中一种。

　　在尤安娜经手的患者中,有一位年轻貌美的女孩,某银行的出纳员;她的就诊主诉不是单恋或失恋,而是无法自控的购物癖。有一天在上班途中,女孩在一家店的橱窗里看到一双棕色、圆头的高跟皮靴,立即就觉得脚步沉重,心跳加快,手心冒汗。她不假思索地进到店里,请店员把这双鞋单放起来,她明天来买。之后,她整整一天神不守舍,想不好该买还是不该买,在她的鞋柜里已有好几双棕色靴,橱窗里那双并非最惊艳,她犹豫了一下,第二天没去买,但那双靴子就像施魔法似的,总在她的眼前晃悠,使她连日失眠。几天后她下定决心,即便为了让自己入睡,也得把那鞋买回来,但当她兴冲冲地回到鞋店,那双鞋已经卖出去了,由此严重失眠,陷入深度抑郁……

　　一双靴子有那么重要吗?显然没有,问题不是出在靴子上,而是强大到失控的占有欲。现在我理解了拉文菲尔关于"消费将取代所有其他的道德准则"预言的现实意义。无论是在东西方,物欲在人的内心无限膨胀,购物中心都成了消费主义的新教堂。生活中,不少女人津津乐道自己无法自制的购物癖,似乎是种小资品位,殊不知,购物狂是一种心理学疾病。

情人节

　　欧洲是一块浪漫的大陆，名字就来自主神的情人。在希腊神话中，宙斯暗恋上美丽的腓尼基公主欧罗巴，不惜变成一头牡牛将她诱奸，然后带到克里特岛金屋藏娇，并让他们的长子当上了国王。欧罗巴是人间最幸运的情人，情人节来自欧洲文明的发祥地——希腊，自然顺理成章。

　　历史上最早的情人节，是古希腊人每年2月15日举行的牧神节，年轻男女在狂欢日择偶。公元五世纪，罗马教廷为了打杀并取代希腊文化，抬出了一位早在273年2月14日殉难的瓦伦汀神父，不仅为他封圣，还把牧神节提前了一天，改为"圣瓦伦汀节"，瓦伦汀是罗马城中的一位神父。当时，暴戾的罗马皇帝克拉迪乌斯二世由于担心男人们眷恋家人而不肯服役，居然下了《禁婚令》。瓦伦汀神父不顾法令，继续为年轻人举办婚礼，结果被捕入狱，被送上绞架。表面上看，用"圣瓦伦汀"命名情人节,包含了"让有情人终成眷属"的美好寓意,但究其动机,则是文化上的偷梁换柱。

在欧洲,人们无时无刻不在表达浪漫:地铁里,少男少女旁若无人地接吻;闹市中,老夫老妻相濡以沫地牵手而行;剧院内,中年人衣冠楚楚地演绎风情;大选后,政治家对着镜头与亲人热吻;草坪上,热恋的年轻人拥抱打滚;即便那些流落街头的无家可归者,也会拎着酒瓶相互调情。无论在欧洲的哪种语言里,"情人"一词听起来都要比"恋人""伴侣""配偶"更浪漫,原因是情人关系以爱为核心、以情为主线,而不强调情爱的形式。毕竟恋人抱有婚姻目的,伴侣考虑生存压力,配偶受到法律制约,而对情人来说,只要有爱有情,不仅能超越世俗、法律、道德与责任,还可超越空间与时间、和平与战争。

一说起浪漫,我们总习惯先想到法国人,殊不知,法国人的浪漫是从大不列颠群岛舶来的,"圣瓦伦汀节"的盛行,最初是在中世纪后的英国。想当年,当英格兰的情人们在花前月下自由约会,可怜的法国年轻人还受到父母的监视或神职人员的看管,女孩们守在闺阁,参加舞会要由父母陪同。信奉天主教的法国人认为肉体脆弱,只有严加监管才能保住少女贞操;而清教徒的英国人则更愿在年轻人的理智上下赌注,认为爱情不仅是一种情感教育,而且是一种生存训练。

直到十九世纪,欧洲大陆还实行配婚。那时女孩偷情,对家族来说是奇耻大辱;婚外偷情一旦败露,会被当作女巫或魔鬼处以火刑。在相当长的时间里,"情人"是个被分裂的词汇,一方面流传在动人的传说里,另一个方面被列入隐含堕落与罪孽意味的贬义词典。1871年,法国人败给了德国人,无能的法王将败因归于人口过少,于是将雪耻的使命交给了女人,鼓励她们多生健康的后代。根据《育儿法》,少女们在医生的鼓励下走到户外,跟异性一起体育锻炼,骑马、骑车、打球、游泳,第一次有了名正言顺的男女交往。这场"浪漫主义的海啸"从法国掀起,席卷欧洲,青春的情感获得了释放,自由的空间萌发出幻想,年轻人对情爱的渴望变得合情合理,"情人"一词也被赋予了积极、健康的美好含义,情人节也随之风行欧陆。不过,那时的情人关系还像诗一样暧昧,像水一样清纯,情人之间除了献花、赠诗、交换信物或跳交谊舞外,身体的接触少得可怜。酸甜的喁语、双关的暗语、钟情的眼神、温柔的微笑、暧昧的碰触、矜持的表白。起于爱情,止于心悸,便是情人世界的全部内容。如果情人交往中稍有过火,就会陷入欲望与恐惧、感情与礼教之间的痛苦挣扎。最典型的例子莫过于俄罗斯没落贵族出身的玛丽·芭丝吉尔瑟夫,直到2000年,这位既被后人骂为"半处女的婊子",又被奉为"世纪情人"的美女《日记》才得以完整出版。我读了之后惊诧地发现:玛丽除了跟几位贵族、议员、商人调过几回情外,并没做过什么出格的举动,直到1884年病故时,二十五的她还是个处女!

"情人"这个词微妙暧昧,不像"恋人""未婚夫(妻)"或"婚外恋人"那样简单明了。情人关系,是一种情与性的吸引、探求与品尝关系,未必都能达到婚姻的目的,特别是对那些对婚姻生活不满的出轨者来说,情人未必与爱人对立,而是互为补充。中年危机者,常将情人视为"第二次生命"。茨威格在小说《灼烧的秘密》里就讲了一位独身外出的寂寞男人与一位带儿子度假的陌生女子之间明知短暂,但仍难克制的眩晕爱慕。这种微妙的情愫既非恋爱,更远离婚姻,但又真实、强烈、美妙、理智,恰恰说明了情人关系的复杂性。

动荡的二十世纪,战争在"情人"二字上投下悲壮的影子,赋予了它从未有过的复杂内涵。硝烟之中,护士与士兵们结成了一种感人至深的情人关系。如果你看过电影《赎罪》,肯定不会忘记那位重伤士兵临死前对女护士的情感依恋,那种感情对人心灵冲击的强度之大,难以言表。对于士兵来说,护士是生命中真实的慰藉,不仅是为他们疗伤的天使,还为他们带来温柔、欢乐、爱情和家庭的幻想,充当他们的母亲、姐妹、未婚妻和情人。护士们握着士兵的手,安慰他们,抚摩他们,聆听他们的临终告白。

法国诗人列克莱尔写过一首叙事诗《护士》：一位女护士的未婚夫为国捐躯，她将全部的爱心都给了她看护的伤员们。营帐里，一位濒死的士兵抓住她的手高呼自己未婚妻的名字，想要吻她，女护士流着泪、浑身颤抖地参与了这场无言的游戏。第二天，士兵死了，女护士发疯地揉着她哭肿的眼睛。作为女人，护士与士兵在血泪之中、在痛楚与恐惧之中建立起了一种强烈、真挚、暧昧、性感的特殊联系。这种关系远远超越了世俗概念，是直抵灵魂的伟大情人。战时和战后，确实也有不少士兵与护士结婚。

也许，在情人节里讲这类故事有些沉重，但我还是觉得应该讲。特别是在拜金的时代，在浮华的市井，我们过度削减了"情人"的本质，并缠裹上浓艳的世俗彩纸。萨特与西蒙，创立了"契约式婚姻"的情人关系；垮掉的一代，拓宽了情人的传统含义；性解放运动，反叛出形形色色的情爱关系；信息时代，出现了隔山隔水的网恋同居……遗憾的是，现在的中国人习惯把"情人"理解为"外遇""一夜情""二奶"等似是而非的概念，简化了言情的美妙过程。向钱看，将情纳入了数学范畴；消费万岁，示爱的方式也日趋物化。

在情人节里，我们能不能静下心来咀嚼一下"情人"

的更多含义?能不能抛开经济、家庭、地位、婚姻、前途等一切客观实用的外部因素想一想你和你的情人,你是否爱他(她)? 为什么爱他(她)? 你能否用自己的浪漫告诉他(她)?情人节是言情的日子。你可以送情人一束花、一张卡、一本书、一个能让对方惊喜的礼物或一个吻,但不要忘了:任何的形式都是载体,重要的是里面装载了怎样的浪漫。

猎鹿记

托卡伊山麓,不仅是匈牙利的著名酒乡,还是猎人们狩麑逐鹿的地方。上周末,同住布达佩斯的好友魏翔邀我去打猎,我犹豫了一下,还是好奇地去了。不是因为我对暴力的耐受力增高,而是对狩猎这件事有了入乡随俗的理解。

记得我刚出国不久,就曾跟塞格德的一位朋友去山林里打猎,打兔子打野鸡我都无动于衷,但当看到优雅的雄鹿中弹倒下,我顿时动了恻隐之心。在我看来,用如此的暴力对待如此温良的生灵,显示了人类的野蛮与血腥。那之后的好些年,我一听"打猎"这词就反感,觉得那是男人武力的炫耀。

后来,我读了一本英国人写的关于饕餮文化的书,这才知道对欧洲人来说,猎鹿的意义不在于——至少不仅在于——杀戮,更近似一个庄重的仪式。早在原始社会,鹿就以它的力量和敏捷赢得人类的尊重,特别是鹿茸生长的奇妙周期，在繁殖季节雄鹿的放纵达到高潮，成为生生不息自然奇迹的象征物，代表了男人的勇敢、力量、机智、性欲与性力。难怪在凯尔特人的神话中，勇敢的小伙子们总是在一头白色雄鹿的引领下，在一个秘密地点接受"成年礼"，成为与亚瑟王亲如兄弟、誓死相随的圆桌骑士。

赫塔·缪勒有本小说的题目就叫《狐狸有时也是猎人》，取自一句欧洲谚语：猎人变成了猎物。在猎人们看来，猎鹿并不是杀鹿，而是获取"鹿性"，与鹿的同一。与其说是征服，不如说是被征服。因此不难理解，为什么那位连罗马教皇都敢逮捕的英王亨利八世在他给安妮·博林写的情书里，不把自己称作猎人，而是比作渴望被女人享用的雄鹿肉。不难理解，他在用显示教养的双关语，用鹿肉暗喻爱的交合，这与罗马时代的希腊作家普鲁塔克用矫捷的鹿比喻"得不到的爱情"如出一辙——言外之意，如果你猎到了鹿，就得到了爱情。尽管用欧洲人的这些观点解释猎鹿的暴力十分勉强，但我多少不像过去那么憎厌。

鹿是夜间动物，黄昏和黎明是猎鹿的最佳时辰。陪我们进山的是一位名叫尤什卡的猎手，他说猎区虽然有獐鹿、马鹿、鼬鹿和狍子，但这个季节只准打獐鹿，而且只能打五岁以上的雄鹿。至于为什么，尤什卡解释：为了保证繁衍,雌鹿是绝对禁猎的,雄鹿之所以能打,是因为它的生殖力非常强,一岁就可以跟雌鹿交配,而且没有伦理可言,母子之间也不违法;年长的雄鹿性力渐弱,且鹿角漂亮,所以成了猎人的靶子。

魏翔是当地有名的华商,出国前是一位油画家。现在生意做大了,没时间托着调色板涂涂抹抹,而赚钱又没能让他彻底死掉艺术的心,于是乎迷上了摄影,艺术梦没空做了,但可以忙里抽闲地打个艺术的盹儿,即使进山打猎也背着"长炮",有猎就打,没猎照相,用他的话说:"要不是打猎,这辈子也不会来深山老林,就算看看风景,心情也舒畅。"

我们一行三人傍晚动身,身穿迷彩,鱼贯而行。尤什卡走在最前头,机警地睁大猎人的眼睛;魏翔随后,借着最后的天光举着相机咔咔猛拍;我是新手,反应迟钝,只有跟在后面扛枪的份儿。魏翔不时得意地让我看他抓拍下的禁猎幼鹿或母鹿。这个晚上只看了风景,铩羽而归。

第二天,拂晓五点,尤什卡又带着我俩驾吉普出发。这时候,正是晨光将黑夜与白昼、梦境与现实、混沌与秩序相互剥离的时刻,寂静的原野湿漉漉地苏醒,散发着清冽、粗粝和有机的气味。风吹得十分舒缓,地上散发着湿草、野蕨、树苔和由腐烂的果实、落叶、松针织成的柔滑地毯混合了林间雨露的气味。天色既不是很黑,但也不是很亮,猎人和野兽都最喜欢这个时辰。尤什卡将吉普车停在一条山路拐弯处,我们跟着他跳下车,在山坡上走了好一阵。渐渐地,朝霞漫天,山野灿烂,突然看到几只小鹿在草丛中轻蹿。魏翔几次端枪,但又都放下了,小鹿也远远地嗅到危险的气味。半个多小时后,魏翔终于扣动了扳机,射中了一头七岁的雄鹿。

在回住所的路上,我问雄鹿的寿命一般是多少?尤什卡回答,按说能活十来年,但活到八岁还没被捕猎的都属罕见……之后的半程我沉默不语,心里琢磨起男人的命运来:哎呀呀,我终于理解了咱们男人为什么要比女人更注重社会性成功与地位,是为了给自己添加不被生活淘汰的存在价值。

金虎

到布达格找金虎啤酒馆的人不少,但去那里只为喝酒的人不多,多是为了能跟赫拉巴尔一起坐坐。

小酒馆就离查理大桥不远,隐在狭长、曲折、人流熙攘的老商业街深处。酒馆大门很不起眼,一个普普通通的拱形门洞,17号门牌总被车辆挡着,能看到的是门洞上方一只浮雕的石虎。不管客人什么时候推门进去,都能跟赫拉巴尔打一个照面,他的胸像就嵌在迎面的墙上,斜下方的镜框里是一张彩照,画面上三个男人坐在酒桌后,正在笑逐颜开地喝啤酒,他们是两位总统和两位作家——克林顿、哈维尔和赫拉巴尔;哈维尔兼了两个角色。

金虎啤酒馆不卖别的,只卖啤酒,连下酒的花生米都没有,啤酒也简简单单只有一种鲜扎啤,所以在那里喝酒没语言障碍,只需跟酒保伸手指头。小酒馆里总是热气蒸腾,人声鼎沸,不管什么肤色的客人用什么语言聊什么话题,总会提到赫拉巴尔,醉醺醺出门前,总不忘跟赫拉巴尔留个影。说"精神不死",在这里名副其实。

赫拉巴尔,这个牙齿不全的瘪嘴老头,这个专为"被抛弃在垃圾堆上"造像的作家,凭着自己的文字和人格成了冷战时期东欧知识分子的精神偶像。我翻译过一本《赫拉巴尔之书》,作者是屡获诺贝尔奖提名的艾斯特哈兹,是这位匈牙利大作家对赫拉巴尔的致敬之作。

艾斯特哈兹的父亲是末代伯爵,他祖父曾任匈牙利总理,曾祖父是奥匈帝国皇家卫队的卫队长,曾祖母是位法国公主……不过,艾斯特哈兹出生的那年,新政权革掉了他家的爵位。作为家族历史上的第一代平民,他当了作家,他弟弟当了足球健将。在文学上,艾斯特哈兹有两位精神导师——乔伊斯和赫拉巴尔。他跟乔伊斯无缘谋面,但跟赫拉巴尔一起喝过酒,而且就是在金虎啤酒馆。

1964年赫拉巴尔创作了一部长达128页的独句小说《老人们的舞蹈课》,二十年后,而立之年的艾斯特哈兹仿效赫拉巴尔写了一部长达200页的《悬》。1989年秋天,不到40岁的艾斯特哈兹终于在布拉格见到了赫拉巴尔,当时赫拉巴尔已经75岁了。他俩先在金虎啤酒馆喝了第一轮,然后又到双熊啤酒馆喝第二轮……回到布达佩斯,艾斯特哈兹就开始写《赫拉巴尔之书》,将近三年中,他日夜跟赫拉巴尔在一起。他在这部小说里,将赫拉巴尔描写成唯一能跟上帝对话并帮上帝排解孤独的凡人,而且,他们对话用捷克语。小说里的男主人公研究赫拉巴尔的小说,女主人公则暗恋上了赫拉巴尔,并给他写了一篇长长的情书。

不久前,艾斯特哈兹应"世纪文景"之邀飞到了中国,参加"上海文学周"的活动。在记者的追问下,他又回想起当年的见面,他说赫拉巴尔"是个个性上让人不舒服的人,我第一次看到他的那个场景,我至今都记得。他一个人坐在金老虎酒吧的一张桌子后面,孤孤单单的"。他说在巴黎还见过一次赫拉巴尔,"我们住在一个豪华酒店,喝了昂贵的波尔多红酒,两个人都有醉意了,我把他带到他的房间门口,从背后把他往里一推'去睡觉吧!'"艾斯特哈兹的讲述,让我想起那本书名——《过于喧嚣的孤独》,赫拉巴尔就是在写完那本书后,从医院五楼的窗口跌下去的。

现在,金虎啤酒馆变成了文学朝圣地,但赫拉巴尔仍孤孤单单地坐在桌后,视线穿透所有进门的人,落在远处。

谜语和俗语

记得上大学时,宿舍熄灯后猜过一个谜:不贞怀孕下堂去,打一成语。

几个光棍被"不贞"二字绕住了,猜不出来,但越想越刺激,知道答案后在黑暗中大笑,觉得很妙很逗很发泄……答案是:挺身而出。

现在回头想想,这谜语真挺缺德的,那"不贞"二字就是个套儿,其实没那两个字谜语也成立。你想啊,难道孕妇出门就佝着身子啦? 一样也得挺身而出。不过这个套儿下得很抓人心理,轻易就把欲火中烧的小子们套了进去。想来在这七个字里,另外五个字没有一个能让我们感冒,就像魔术师用的障眼法,一张纸一块布就把观众给要了……不过再要也是个谜语而已,虽然拿孕妇开了个心,但对谁都不会有实质性伤害,不像欧洲的某句俗语。

啥俗语?欧洲人爱说:孕妇不可能不贞。这话听起来是句废话般的真理,大凡男人,对怀了孕的老婆都很放心。上网查查当今稀奇古怪的社会新闻,偷情后怀孕的比比皆是,但怀孕时偷情的还没怎么听说。

不过,翻翻欧洲的情爱史,许多料猛得能把人噎住。都说黑暗的中世纪,但黑暗中的情色比任何时代都更肆无忌惮,无奇不有。那时候欧洲虽名义上是一夫一妻制,但大多数男人都有情妇,有的甚至还养在家里。在基督教设立宗教法庭公开迫害女巫之前,欧洲的男人们对自己的妻子管得并不是那么严,通常能容忍妻子找情夫或给别的男人当情妇,特别是宫廷里的大臣们,他们美貌的妻子一旦被国王看上并获得"宫廷命妇"的称号,就得跟国王一起分享女人。不过在君主专制时代,老婆跟国王同床并不丢人,或许还能因此沐浴王恩。

德国民间,流传着一个关于亨利二世的笑话:有一天夜里,国王去找宠姬戴安娜,不巧戴安娜的丈夫布利撒克将军正在房中,将军情急之中钻到床底下回避。国王进屋后,瞥见床下露出的脚趾,假装不知,叫戴安娜拿些吃的来。戴安娜取来一盘水果,国王挑了一只梨扔到床下,哈哈大笑:"吃吧,将军! 谁都别饿着。"想来,为臣的为了君王的快乐只是屈尊钻一下床倒也还能忍受,最倒霉的是再间接染病……据说,荒淫无度的法兰西斯一世让满朝男人都传上"爱情病"。当时坊间流传的话是:

"连王后都染上了,看来国王还是上过她的床。"

市井男人的大度出于什么心理?这个倒值得探讨一下,一部分觉得与人方便自己方便,还有一部分人希望自己的妻子变得淫荡,能把快感衰减的房事变成偷情般的享乐。总之,在"迫害女巫运动"之前,男人对妻子偷情并没那么在乎,不过也有个默契的底线:不要怀孕。因此,知礼的男人会做得让妻子和情夫都不尴尬,知礼的女人不会在面上伤丈夫自尊。

人类学家福克斯在研究中世纪德国人生活时,记述了一个令人咋舌的荒唐"性德":一个怀上了丈夫孩子的女人仅在孕期偷情,在当时可以算得上是"美德的化身",因为她不让丈夫冒替别的男人抚养孩子的危险。对外人来说,更能减少怀疑概率,因为俗话说"孕妇不可能不贞"嘛。

或许正是受这句俗语保护,不少女人认为怀孕偷情是最两全其美的做法,于是这类故事发生得越来越多,结果又诞生了另一句俗语:孕妇更乐意上床。我坏坏地乱想,在无法验血型的年代,最上乘的法子是,找个跟丈夫长相类似的情人,同时又别冷落丈夫,即便怀上了也无大碍。当然,这也只是个乱想。

人性化机器

　　早晨。布达佩斯。我在迪亚克广场转黄地铁,地下通道口总有人在发《地铁报》,我习惯性地接过一张。其实我不爱看小报,图片老大,广告老多,能看的字没有几个,不过,这份白送的小报慢慢让我养成在摇晃的车厢里翻报的习惯,看新闻和小道消息总比看一张张漠然的脸强。偶尔,我连不感兴趣的体育版也会瞄一眼,其实体育版跟娱乐版差不多,美女酷男,空洞养眼。

　　今天在《地铁报》上登了一则新闻,说匈牙利政府最新做出一项决定:今后居民若补办被盗的身份证或居住卡,不用再付相关的手续费,只需到区政府的证件受理部门报案登记,然后可以免费补办。原因是,证件被偷者本来就是犯罪行为的受害者,如果政府再收费用,等于让受害人承受双重损失。

　　在这之前,政府部门不管你的证件是被偷的还是自己丢的,一律全收补办费,身份证1500福林(约40元人民币),居住卡1000福林(约25元人民币),费用其实并不大,我不认为有谁真为这个投诉过政府。换句话说,即使有谁投诉,政府想要解释也很容易:证件究竟是被人偷的,还是自己丢的,只有当事者本人清楚,办证机构无法核实。

打个比方说,你一不留神把证件掉进了茅坑里,或掏东西时不小心掉到了街上,或塞在家里的某个角落找不到了,或出门旅游忘在了哪里……填写补办原因时无须提供任何证据,岂不所有人说一声"证件被偷",全可免费补办了吗?

显然,这是管理者的思维角度问题:"宁可错杀三千,也不放过一个?"还是"宁可放过三千,也不错杀一个?"

前者是冷思维,从政府的角度;后者是暖思维,从百姓的角度。

前一种思维的假设前提是,"肯定有许多人不诚实";后一种思维的假设前提是,"相信大多数人是诚实的人"。

总之,我读到这个新闻觉得很舒服,感觉自己生活在一个"以人为本"的社会里。尽管匈牙利不是一个发达国家,在欧盟里属于"穷小弟",政府面临经济停滞造成的威胁,面临社会福利体制难以运转的困境,却能从这样一个角度为老百姓着想,意义不在于费用本身,而是在于人性化管理,让人觉得决策者能够为他们着想,国家机器不是冷酷地运转。

话说回来,如果政府继续沿用过去的规定,也没有什么说不过去的,即使你的证件被偷,也是个人的不小心或倒霉事,没有理由要求政府分担。我想是个人都明白这个道理。但恰恰政府自愿分担,虽然只是微不足道的工本费,但关心百姓的姿态和所传递的亲民信息,绝不是这点费用可以买来的。

说起政府亲民,我还可以再举一个例子。在匈牙利生过孩子的华人都会知道,该国政府提供一项整个欧洲大陆独此一家的特色服务——孕期和哺乳期的义务咨询和跟踪服务。每个街区都设有"儿童保育站",不仅城市,偏远的乡镇也不例外。这一服务网络的覆盖面甚至比医疗服务还要广,即使村子里没有医院,但也会有一个保育所。

如果有谁怀孕了,必须到保育站进行登记,才能享受社会福利。保育站会给每位孕妇指定一位经验丰富的专职保育员,每隔一段时间必须登门拜访一次,从孕期保健知识,到分娩前注意事项,以及居室环境和婴儿用品的准备。几年前发生过这么一件事,有一对年轻恋人不知道中了什么邪,决定回归自然,与世隔绝,没水没电没煤气,住进山里的小屋里喝溪水,采野果,享受风吹露浴的野合。女人怀孕,小两口决定把孩子生在林子里,保育员闻知此事,钻进山里找到他们,劝说他们回家生子,这种恶劣的生活条件可能会要孩子的命。年轻人死活不肯,坚持自己的生活方式,最后保育员将此事报告给福利部门,孩子一生下来就被送进了政府福利院,这才逼年轻父母重返文明社会,这时候,两个人都皮包骨头,或多或少地出现精神症状。可以这么说,保育员救了三口人的命。

保育员都经过专业培训,相当于半个社工加半个医生。新生儿抱回家,她们会定期上门咨询,事无巨细,面面俱到,随叫随到,有问必答,包括孩子什么时候打哪种疫苗,保育员都会安排好。保育站还配有儿科医生,每周都有几天出诊,定期为婴儿做检查。这种服务一直提供到孩子两岁,而且全是免费服务。保育员和医生不收红包,相当于政府免费提供"月嫂"。

听当地朋友讲,儿童保育系统是从社会主义时期继承下的、为数不多的遗产之一,对政府来说要维持这样一个庞大、完善的义务服务机构无疑是一个沉重的负担,但是,改革进行了二十多年,这个系统保持到现在,成了匈牙利社会福利的一大特色。

匈牙利虽在1989年体制改革时去掉了"共和国"前

的"人民"二字,但并不等于就抛弃了百姓。因为作为民选政府,执政者必须想方设法赢取民心,不时做出亲民的善举,尤其在大选来临之际。如何满足民众意愿,成了各党派绞尽脑汁要做的事。这不,匈牙利下届大选明年春天举行,拉选票马拉松今秋就已开跑。不久前,执政党推出降低煤水电费的计划拉选票,满大街都可见"-20%"的政治海报……不管向选民示好的动机纯不纯,至少结果上老百姓是客观受益者。当然,如果上台前承诺得太多,上台后做得太少,那别怪选民们翻脸不认人。

洋局长

　　看书。偶然有了一个新发现：一个老外在中国当过局长！觉得这个故事非常励志，我怎么也得写下来，让读者知道大清帝国有时候也挺任人唯贤。

　　故事不是现在的故事，发生在一百年前，当时欧洲还有奥匈帝国，匈牙利还有海岸线，主角是一个叫孔普尔提·尤伯的匈牙利年轻人。尤伯的父亲叫蒂瓦达尔，是个闯过世界的航海家，喜欢舞文弄墨，记录各地风俗，后来开了家印刷厂，挣了些钱。尤伯从小受父亲的熏陶，不仅迷上了航海，也迷上文字，当然青出于蓝胜于蓝，父亲后来因为他才留名史上。

　　尤伯在1894年进航海学校读书，两年后就随奥匈帝国的一艘商船绕地球一圈，当时他刚满18岁。19岁毕业，尤伯当了海军上尉，全年漂在大海上。22岁，他就凭着丰富的航海经验，被任命为帝国商船队"亚得里亚号"船长，是匈牙利两次驾帆船绕地球航行的第一人，到过北美的旧金山、南美的巴西和智利,还到过安德列斯群岛、印尼群岛、印度和日本。

1902年,他野性勃发,想不受约束地走走世界。于是他丢下船队,跟一艘名为"希莱西亚号"的奥地利蒸汽船去日本打工,船到横滨,他失望地得知,日本政府禁止招外国船员。于是,他跑到东京潇洒了些天,认识个水手,搭上一艘中国商船去了上海。没想到,大清帝国倒很开明,虽然没让他当水手,但把他招进刚组建的邮政局。他在上海打了一年工,连比带画,掰脚指头,居然扫了汉语盲。他在上海写的日记,读起来简直是上乘美文:"每个春日的清晨,我站在住所的窗户前,透过葱茏阴凉的树冠间隙朝外滩眺望,满眼都是亲切、诱人的风景。我欣赏沿岸密密麻麻的茅草屋顶,欣赏生动真实的中国人生活的忙碌熙攘。"

尤伯的上司很赏识这位绅士、博学、勤勉的洋人,先被派到晋江开辟战场,随后于1905年委以重任,派到重庆组建扬子江上游的游船服务。尤伯既有语言天赋,又有创新精神,工作开展得有条不紊,业绩甚佳。1908年,清政府做了一个重大决定,任命这个大鼻子老外为总部在汉口的省邮政局副局长,三年后升迁,荣任总部南昌的省邮政局局长。尤伯的这顶乌纱帽,既不是用钱买的,也不是靠关系谋的,是靠自己实打实地干出来的,干得让中国同行们心服口服,还学了一口流利的中文。

尤伯是个精力旺盛、情趣广泛的人,不甘于坐在办公室里发号施令后领银子,还在工作之余沿着长江漂流,记下沿途的所见所闻,比如三峡两岸的千峰万仞,三伏天村民负曝饮茶,渔民站在篷船头撒网,记下了从重庆到成都的700公里水路,相当于从布达佩斯出发到柏林……后来都写在《乘篷船横穿中国》一书中。

辛亥革命推翻了清王朝,尤伯既没失业,也没降职,继续当了两年局长。1913年,他嗅到第一次大战的腥风,请了一年半的长假经上海、香港、新加坡、科伦坡、亚丁、塞德等港口最后回到了布达佩斯。办丝绸展,写漂流记,并在整个一战期间负责多瑙河航运,还被任命为布达城司令官,虽然尤伯再没回过中国,但中国人并没有忘记他,1928年民国当局给他封过一个荣誉名衔。直到1938年去世,他始终跟中国保持联系,见人他也必聊中国。通过尤伯的记述和插图,闭塞的欧洲百姓可以神游长江,了解当地的风土人情。这个洋局长不贪不腐不谋私利,有才华有能力有志向有作为,我觉得可以在当今的中国宣传一下,树个为官的样板。

连体夫妻

男人有生活，女人有命运。这话不是我的原创，是匈牙利畅销书作家、剧作家缪勒·彼特一本书的书名，作为生日礼物，他连同一瓶香槟酒送给了我。没读之前，我望文生义，觉得老先生有点大男子主义，凭什么男人就该生活，女人就得认命？但读完书后，才理解这位近八旬的老人想说什么。

缪勒在这本书里讲的是他对男女有别的感受和思考，当然缘于自己的体验，他想说的是："有生活的男人"要比"有命运的女人"活得相对更容易些、自由些、自主些。自从人类有记忆以来，这个世界都是男人的世界。但半个世纪以来，随着女性意识的觉醒，她们不仅感觉到对自己、对生活的责任越来越大，甚至分担了男人对生活内容和质量所担负的责任。女人生孩子，不再为了履行自己在家庭中所扮演的角色，更为了孩子，为了家庭，她们既要工作，又要做家务，还要分担丈夫的负荷。他说自己的祖母、外祖母、母亲和一起生活了五十六年的妻子阿格奈丝，还有女儿朱莉，都是"有命运"的女人。

我想起第一次去他家见到的一个场景，我们坐在可以眺望多瑙河的山间别墅的阳台上聊天，阿格奈丝端来一盘新摘的草莓和一盘刚出炉的面点放在面前的桌子上，微笑着叫我多吃点，听丈夫一开始聊自己书，她就弯下身像对小孩子一样地在丈夫花白的头顶吻了一下，不声不响地退出去。老先生等妻子的身影消失在屋内，用手挡着嘴向我凑近些小声说："她是我的保护神……她不像我这么有舞台依赖，她不习惯被人关注。她觉得，重大的事情都是沉默和黑暗中酝酿、成熟，就像照片在暗室中冲洗。也确实如此。"

老先生说话像是朗诵诗，或念哈姆莱特的台词，如果放在一般人身上，很容易让人觉得别扭或造作，但从他嘴里说出来却是那么自然、优雅，不像是从喉咙发出来的，是我从他的眼睛里读出来的。

我认识缪勒先生，是通过他的义子、匈牙利摇滚歌星塞阿米。八年前，塞阿米请我把他义父最畅销的《占卜书》译成中文，作为送给老先生七十大寿的贺礼。《占卜书》是缪勒根据自己的理解和生活体验为《易经》写的注释本，先后卖了40万册！要知道匈牙利全国人口只有

1000万,差不多二十多个人手里就有一本。为了这份特殊的寿礼,我没日没夜地赶了三个月,中文版虽是礼品性质的限量版,但我的功夫也没有白费,让我走进了一个老人的精神世界,并跟他结下了忘年交之谊。

每次应邀去老人家做客,他都会不厌其烦地聊两个话题:一个是他受中国传统文化的影响,二是生活中的女人们。不要误会,老人聊女人,不是卡萨诺瓦式的风流史回顾,恰恰相反,与爱有关,与性无关。作为匈牙利最畅销杂志《女人》最受欢迎的专栏作家,老先生喜欢琢磨女人,写女人,聊女人,也算是一种“职业病”吧。

他聊女人跟通常男人不同,总把男人对女人的爱与责任作为前提,可以说老派,也可以说新潮,总之当下的男性很少有谁能像他这么从理智到感情地尊重异性。

他说,他经历过战争、革命、起义,曾冒着枪林弹雨上街寻找阿格奈丝,险些丧命……不过,他说这个不是为表白自己爱她有多深,而是强调阿格奈丝对他有多重要。他说,只有阿格奈丝见到过我颓丧、怯懦、脆弱的时候……

刚才跟他通电话聊天,他说,阿格奈丝是这本书里女王的原型。他说:“我妻子也是一位女王,从某种角度说,通过她,我成了一个完整的男人,我也可以是一位国王。”老作家的话让我想到张贤亮的小说《男人的一半是女人》,想起"军功章里有我的一半,也有你的一半"那句歌词……想来想去,最后还是感动于老作家夫妇五十六年的连体人生。

七星瓢虫

我总是习惯半夜三更去24小时营业的大超市采购，一是出于自己的夜猫子习性，二是由于午夜人少，既不用为找停车位犯愁，也不用在付款时排长队。想当年我刚来匈牙利时，这里不要说大商场了，就连街头小铺都5点打烊，周末绝对不开门。这是上帝对信徒的要求：周末是去教堂祈祷的感恩日了。然而现在，商厦不仅周末开门，营业到深夜，有的干脆昼夜不关。想来世界跨入了消费时代，按照自己的模样造出人类的上帝，也该能理解人类面临的诱惑，挣钱的欲望绝对胜于精神的修行。

昨晚，我和朋友结伴又去超市，推着购物车刚进自动门，就被一股迎面扑来的刺鼻酸臭熏了个趔趄，朋友也下意识地抓起围巾捂住鼻子。我屏住呼吸，惊愕环视，看到服务台前站着一个头发蓬乱、衣衫破旧的老妇人，正弯腰从一只油渍渍的编织袋里掏着什么，在她跟前站着一个比妇人高出三头、身穿白衬衣、佩戴胸牌、系着蓝领带、手攥步话机的魁梧小伙儿。不用问,肯定是妇人偷了什么。别看超市里见不到几个工作人员,到处都有监视器。

从他俩身边走过时,我尽管憋着大气不出,但还是忍不住好奇地朝摊在地上的编织袋瞥了一眼,想看看妇人掏出什么?我觉得好笑:背着这么大包偷东西,不是弱智,就是神经,不被人看到才怪呢。我本以为妇人会掏出几件衣服或面包、牛奶,没想到掏出来的却是厚厚一沓脏兮兮的旧塑料袋,当着值班员的面,弓着腰认真地点起数来。小伙子的态度叫我佩服:彬彬有礼地耐心等着,鼻子不皱,眉头不皱,仿佛丧失了嗅觉一样,脸上毫无嫌恶之色。

等妇人数完,小伙子伸手接过来,转身走进服务台。过了一会儿,小伙子重新出现,将三只浅棕色的麻布背袋递给妇人,每只袋子上印着一只拳头大小、十分惹眼、红色黑点的七星瓢虫。妇人将手在裤子上使劲摸了摸,一脸感谢地接过背袋,小心翼翼地装进编织袋。我恍然大悟,原来这是超市额外开设的环保项目——回收旧购物袋。这样既清洁了环境,也帮助了穷人和无家可归者,想来那些麻布背袋,可以在街头卖掉换成面包。

事实上,这家超市的购物袋早就换成了环保袋,塑料袋上印着绿树图案,并标明可以通过生物途径再分解。另外,超市里的购物袋以前全都免费发放,最近,为了减少污染和浪费,塑料袋已改为收费。我和朋友推着购物车走出超市,将东西装进后备箱。无意中又看到那位妇人,正弯腰捡起一只扔在地上的塑料袋……我不得不佩服欧洲人的环保意识和良苦用心。一个偌大的超市,居然肯做这类的公益琐事。看似无利,利在环境。

近些年,匈牙利也仿效西欧,鼓励居民将垃圾分类,将生物、玻璃、塑料、金属和普通垃圾在家里分装,然后分别扔进街头五颜六色、标记清楚的垃圾箱内。此外还有专装废书报的瓦楞纸箱和专门回收电池、电器的垃圾桶。这样的分类垃圾箱还不普遍,所以经常看到有人开车出门扔垃圾。每年春季和秋季,布达佩斯还举行"扔破烂节",居民们将旧电器、旧家具等大件破烂扔到街上,之后由区政府派车运走。

相比之下,西欧人的环保措施做得更细更好。德国和奥地利,包括高级宾馆、商厦在内的所有的公厕,都使用质地相对粗糙的再生纸,节省资源,不分贵贱。卫生间的盥洗池旁基本都配有烘手机,即使备有擦手巾,也多是布的。白色的布巾卷成一大卷,用湿的部分随时卷入。毫无疑问,这种方式大大减少了纸巾的用量,既省钱,又环保。

欧洲人吃快餐用的杯、盘大多是纸的,很少使用塑料的,打包使用的袋子也多是纸袋。再奢华的名牌店,广告袋也均是纸制,商品包装绝不像中国那么夸张。每次回国,我都忍不住惊叹:我们的环保意识太差了!白色垃圾漫天满地,商品包装极端浪费。几块五分钟下肚的月饼、糕点,能装进跟潜水艇一样结实的木盒铁盒。吃完之后,留着无用,弃之可惜,更不要说对资源的浪费了。

在这一点上,我们真该学学欧洲人,他们节省并不是因为自己没钱,也不会觉得掉身价。当他们毫无怨言地使用质地较粗的再生纸擦屁股时,虽然皮肤的感觉不那么温柔,但心里的感觉却很舒服,因为这个小小的委屈是为了环境和后代。

编号的药丸

近些年,匈牙利很多药店都卖一种没有药名的彩色小药丸,分别装在不同颜色的小塑料管里。小瓶没盒,没任何装潢,瓶盖也没有蜡封,也不用膜封,也不配任何的说明书。瓶上也无字,所以单从包装上你既不知道药效和成分,也不知道适应症或并发症。

买这种药丸像地下党接头,药剂师只会问你:"要几号的?"然后告诉你多少钱。多一句话你都别问,问也没用,对方十有八九不愿回答,顶多回你一句:"谁给您开的,您去问谁。"不是人家态度不好,而是他们也不清楚,卖别的药时,他们是自信的药剂师,可以耐心到你都觉得不好意思;可是卖这种小药丸,他们就只是收款员。

邻居安妮科大婶得了一种皮肤病,像是皮癣又不是,看了无数的皮肤科大夫,但谁也说不清是神经性的,还是过敏性的,抹了好些药膏也不见好。最后,束手无策的街区医生被老太太问烦了,说了一句:"不行的话,你就试试同类疗法（homeopathy）。"于是,安妮科大婶开始打听,哪家同类疗法诊所最有名? 那是一个开在家里的私人诊所,大夫问了病情,没做诊断,也不开处方,只告诉了她一个神秘数字说:"你去药店可以买到, 非处方药。一天两次,一次5粒。"

过了一段时间, 安妮科大婶逢人就说那小药丸真灵,奇怪的皮疹没有了。街区医生得知后说:"那您肯定是神经性皮炎。"老太太回答:"可我抹过治神经性皮炎的药,根本不管用。"医生说:"有的时候,好药不一定都管用。其实,您吃的那药也不是药……不过,病好了就好。"言外之意,医生觉得那些小药丸是安慰剂。

的确,在欧洲许多国家都不禁止同类疗法,但绝大多数科班出身的医生、药剂师并不接受,觉得不科学,药理学上站不住脚。不过安妮科大婶现身说法,还是勾起我的兴趣,找来一堆资料,说不上研究,只能说琢磨。按我的理解,同类疗法是采用含量极低、能引起与某种疾病类似症状的药来治疗该病,认为动植物、矿物中的微量物质能提高人的免疫力,激活病人的自愈机制。这套理论与西医的对抗疗法截然相反,倒与中医的"因势利导""以毒攻毒"有些相似:用现代理论解释不通,但在有些病人身上行得通。

当然,个案不能够说明一切,一些白纸黑字的历史记载也未必行。比方说,宣传同类疗法神迹的最大证据,是1854年疟疾大流行期间伦敦报道。有资料显示,在应用同类疗法的医院里,治愈率高达84%,而在官方医院中这个比例只有48%。这两个数据能说明什么?我认为可以从两方面理解:同类疗法确有特效,当时的西医水平太差。要知道,那时的医疗方法,切开,放血,灌肠,出汗,呕吐,甚至服汞,有时候治疗的结果要比不治更糟糕。因此不能排除这种可能:有些病人之所以幸存,是因为没有接受治疗。今日西医与150年前不能同日而语,用那时的数据证明现在,相当勉强。

同时,我也不因同类疗法的自吹自擂而完全排斥,想来我们的中药、针灸、刮痧、拔罐也属于"自然医学",许多东西无法用现代医学理论来阐释,既不包治百病,也并非临床无效。如果完全无效,也不可能流传几千年。人是复杂生物界中最复杂的物种,既然连许多发病的病因都说不清楚,治疗理论又怎能解释一切?光说心理学,至今都是黑匣子,安慰剂能治病也不是全无可能。对于那些只有编号、没有药名的小药丸,我既不全信,也不排斥,当然更不无条件依赖。任何东西能经风历雨地存留下来,必会有其存留的道理,至于伪不伪,现在只有上帝能说。如果安慰剂真有实效,心理学的解释,也该算科学。

蓝信封

　　小时候常看战争片,从国产的《地道战》《南征北战》到进口的《第八个是铜像》和《宁死不屈》。每看一部,都会加深对自己出生在和平时期的庆幸。然而和平时期的玩具并不和平,我小时候,既没有绒毛玩具,也没玩过乐高,既没看过宫崎骏动漫,甚至读不到安徒生童话,我不是一个好斗的孩子,但也玩过弹弓和链子枪,握过木头削的红缨枪,最喜欢的玩具是父亲从上海带给我的一把装一号电池、能哒哒哒响的冲锋枪……

　　来到欧洲之后,发现这里的每座城市都有战争遗迹:在布达佩斯城堡入口,至今保留着一幢弹痕累累的宫殿废墟,那是二战末期遭到空袭的国防军司令部;柏林市中央的威廉大帝教堂废墟,看上去像从套着五彩丝袜的商厦群中伸出的一条坏疽的腿,痛苦,丑陋,震慑人心;在华沙犹太人纪念碑前,曾被希特勒开除国籍的西德总理勃兰特曾一跪惊世界,由此获得诺贝尔和平奖;

在巴黎拉雪兹神父公墓，与布满唇印的王尔德墓相邻，有两座哀悼二战殉难者的纪念碑；去慕尼黑参加啤酒节，无意中投宿在达豪集中营墙外，石墙，铁网，碉楼，阳光下刺眼的砾石，阴森的牢房，焚尸炉的烟囱，至今让人感到的恐怖、沉重和哀痛；更不要说曾屠杀过上百万人的死亡工厂——奥斯维辛集中营。

"永远不能忘记"！在所有集中营遗址上都立了一块这样的石碑。所有人从那里心惊肉跳地走出时，都容易相信人类经过如此的苦难，不应该再有战争。然而，"不能"不等于"不会"，前者表示的只能是意愿，残酷的现实是：人类总会忘记。

看看我们生活的地球，何时真的停止过战火？十几年前，我住在匈牙利的一座南方边城，曾亲见到坦克驶过，战机凌空，亲耳听到轰炸南联盟的炮声和见到成批拥入的难民；有一发未引爆的炮弹，正落在一位朋友家邻居的花园里。进入21世纪，战争不是离我们远了，而是近了：阿富汗战争、伊拉克战争、巴以战争、利比亚战争……2012年的元旦钟声尚未敲响，以色列和伊朗、土耳其和叙利亚又剑拔弩张，人们无法预见未来哪年的烟花肯定不伴随炮火。

读加拿大女作家安妮·麦珂尔丝的《漂泊札记》，感觉像读海明威小说，合上书时，以为残酷的战争永远过去，以为作为战争幸存者的人类后代，真的会永远厌恶战争。"雪白的海鸥，如冰川的碎块，贴着波光粼粼的海面飞翔，锐利的翅膀划开天空那蓝色的信封。"麦珂尔丝在她诗化的小说里，通过幸存者的经历，感叹"历史是一口被投了毒的井"，只有爱是人类最终的精神归宿。

书摊在桌上，屏幕里的战火令人无语。二战的老兵许多还活着，从集中营幸存的凯尔泰斯还在写作，以色列人还在不遗余力地抓漏网的战犯，但是百姓对"战争"二字似乎已脱敏，战事如同明星轶事，只是媒体热炒的新闻而已。一方面，人们愿意相信"战争是反人性的"，另一方面，却认为"人类不可能避免战争"，许多人相信，在我们身上遗传着战争基因，在厌恶战争的同时，也习惯了战争。

我有一位名叫佐利的匈牙利朋友，他是欧洲一个和平组织的积极分子。每到年底，佐利都会通过电子邮件向熟人和亲友们群发一份特别的邮件——联合国教科文组织于1986年发表的《关于暴力的声明》，并建议大家转给周围更多的人。

25年前，许多来自各国的知名科学家聚集在西班牙的塞维利亚，举行了一次"和平文化学术会议"。经过研究、探讨和论证之后，大会以声明的形式向世界公布：人类进行的有组织有计划的战争和暴力活动，并非源于我们的生物天性。

他们首先认为,人类的战争倾向并不是从动物那里继承的,因为动物并不像人类这样进行有系统地相互残杀,它们只为食物杀戮,只为争夺雌性配偶而进行仪式性的比武,但也并非以杀死对方为目的,只将对手逐出领地;其次,我们的祖先也没将战争倾向遗传给我们,在古印度河流域,在古希腊的克里特岛,在许多古代文明社会,根本没有战争设施,而欧洲曾经的海盗国,今天则是和平典范;第三,战争并不能保证生活水平,美国在五十年内投在核武器研制上的经费,相当于所有美国人贷款的总和,可以翻修全美的所有学校;第四,战争是后天文化的产物,人类的生物属性仅为战争提供了可能,但并非必须;第五,现代战争利用了人类自身的属性,比如服从性、可影响性、理想主义,还有语言、种族意识以及预算、计划和信息处理能力……总之,认为我们天生拥有发动战争、实施暴力的遗传基因的观点是没有科学依据的,战争和暴力倾向,并没有被编入我们人类的基因密码。

据说,这份声明公布后,联合国教科文组织希望各成员国将其列入文教计划,可惜收效甚微,只有少量国家把它编入了教科书。难怪佐利抱怨,人们接受和平理念要比接受战争意志艰难得多!因为后者可以得到清清楚楚的利益注释,前者却是乌托邦的。人们早已习惯了这样的想法:人类不可能放弃战争。

不过,曾几何时,自由恋爱是不可能的,种族平等是不可能的,女人议政是不可能的,取消国界是不可能的,结束冷战是不可能的。而今,许多都变成了可能。这份声明就像那被海鸥翅膀划开的蓝信封,看上去高远空洞,它的意义在于让人知道:不管我们能否做到,但我们应该相信有可能做到。对人类而言,凡是有可能的东西,就有可能实现。

我看了部介绍流行歌王迈克·杰克逊的纪录片,一位记者在片中安慰杰克逊的母亲说:人们永远不会忘掉你的儿子。妇人的回答令我震撼,她平静地说:"忘不忘记迈克并不重要,重要的是不要忘记爱。"在又一个新年到来之际,尽管现实令人失望困惑,但我还是愿意相信:人类没有战争基因,但有爱的基因。退一步说,至少我希望后者能是优势基因。

柏林约会

2007年8月15日,星期三。我和艾丽卡驱车驶离慕尼黑时,已是傍晚七点半;从慕尼黑到柏林有六百公里路。在加油站,我跟玛格达女士通了电话,告诉她我们晚上打算住在柏林城郊,明天上午可以进城。

老人十分高兴,说她丈夫刚才还念叨:我们离开布达佩斯四天了,一直没有我们的消息,担心我们行程有变。"伊姆莱上午十点见一个人,之后去凯宾斯基饭店为艾斯泰尔哈兹订旅馆,楼下大堂就有一家咖啡馆,环境很好,我们就约好十一点钟在那里见吧。"在电话里,我礼貌地称作家"凯尔泰斯先生",她则亲热地直呼"伊姆莱"。她跟我核对了一遍见面的地址,叮嘱"夜里开车千万小心"。玛格达的语调亲切和悦。

路才走一半,天就黑了。汽车在天地间越来越暗、越来越窄的夹缝中疾驰,迎面的车灯阵阵晃眼,CD机里齐秦和弗列迪·迈克瑞不倦地轮唱,眼睛盯着似乎永不可能抵达的道路尽头,脑子里预演着明天已期待近五年的约会……

　　2002年10月10日,瑞典皇家文学院宣布将2002年度诺贝尔文学奖授予一位名叫凯尔泰斯·伊姆莱的匈牙利作家,以表彰他以自己极具个性的文学创作,揭示了人类恐怖的堕落与沉沦,通过他的作品"以个体的脆弱体验对抗历史的野蛮强权"。之后的一年半里,我一口气翻译了他的四部作品。在那一年半里,我几乎没脱衣服睡过觉。对我来说,翻译凯尔泰斯作品是一个发现过程,是一个揣着魔匣、尝试表述自我存在的心灵冒险,在这近乎自虐的过程中,我感到一种经过疲惫、费解、沉重和那种窒息后的喘息和理解后的兴奋。在自己并不能算短的漂泊中,在自己异邦生存的体验中,从未感到竟会与另一颗同在这个世上漂泊的另一个人的心灵如此贴近。熬过那些无眠日子,我感到格外安宁,仿佛在另一个星球上突然听到自己的语言:"不管你相信什么,你都会死掉;但是,假如你什么都不相信的话,那么对活人来说,你已经死了。""摩登,并不是年轻时代的风尚,而是老年时代的。它不是开始,而是最终的表白。艺术就像一个胚胎,在来到这个世界之前,必须经历所有的发育形式。"

　　欧洲人说:译者是作者的合著者。我对凯尔泰斯确实怀有这种感情。尤其当我一边为生存挣扎一边蹲在二十四平方米的小屋内翻译凯尔泰斯在同样窘迫中、囚在同座城市互不相望的另一间二十八平方米的小屋内写下的作品时，我甚至在时空中也感到一种欣喜的神契。正是这种"亲历"，最终使我在阅读自己的译文时，恍惚听到了作者的嗓音。从这种意义讲，天亮后我将要拜会的并不是别人，而是我自己的——或者说是我存在于别人身上的那"另一部分"。

我们从过去的东柏林进城后，落脚在遇到的第一家旅馆。我知道，1962年凯尔泰斯第一次来柏林，也是从这个方向。关了灯，躺在床上。四周很静，街上无车，路灯的光束投在墙上，仿佛是投在电影院的后窗。虽无图像，更无情节，但在我的视网膜上却迅速切换着一个个场景、一幅幅图片，还有老人那张熟悉的我提笔可以画下来的慈善面孔。第一次见面时我们寒暄了什么，我早忘了；但第一次通电话的内容，我记忆犹新："您的匈牙利语讲的真好……谢谢您翻译我的书，不容易，是吧？"

当时，我握着话筒突然不知该回答什么，应该道谢的是我，因为翻译他的作品，是我人生的一个重要转折。借用他的眼睛，我审视生死；借用他的悲悯，我体贴世人；借用他的倔强，我任性孤行；借用他的语言，我剖析自己。阅读、翻译和写作，在我身上融为一体；"表述生存"，是我身体的内源光。我知道，凯尔泰斯的写作也曾从哲学翻译中汲取营养;我还知道,他也曾有过漫长的潦倒岁月,他也曾译过不少对他来说无趣无味的东西以平衡平时的琐碎开销。有一回,我在多瑙河边的一家旧书店里翻到一本封面打卷儿了的流行小说,一个瑞典人写的《孩子岛》。匈文译本是1983年出的,译者竟是凯尔泰斯,我如获至宝地买下来。时过不久,我在另一家旧书店又买到一个封面不同的再版版本……当时的感觉,像是跟踪自己偷爱的人。我买下它,并不为阅读,而是为纪念,用这个"发现"来激励自己。当我将这两本书与凯尔泰斯的著作及我的译本并排摆在书架上时,我感到一股不愿与人分享的了解的喜悦和理解的温暖。看着这些肩并肩的书脊,它们好像长在了一起。

今天就能见到他了,是该称他为"先生",还是"大叔"……天快亮了,可我还是睡不着。窗外车辆驶过的频率越来越密,脑子像是翻了车的车轮,嗡嗡空转。

艾丽卡叫醒我时,已经快9点了。匆忙洗漱之后,我试了几身衣服,决定穿一条白裤子配蓝衬衫,出门前反复照了好几回镜子。我相信老人会喜欢我的,但我仍跟孩子一样,偷偷地希望能让他更喜欢些。

9点半出门,事先查好要走的路线。天气清爽,道路潮湿,昨夜刚落过小雨。汽车沿着主路前行,我脑子里演习着与老人见面的微笑、握手的力度和问好的声调,还有见面要说的话。对一位77岁的作家来说,他的时间比我的宝贵。没想到,怕走错路,一失神还是走错了,径直开过了施普雷河,被堵在一个工地的街角。我心急地看表:现在离目的地不仅很远,而且要穿过整个闹市区,离约好的时间只有十分钟!赶紧拨打电话,玛格达说,丈夫已动身去了饭店,她马上赶过去告诉他……让我难堪的是,当我上气不接下气地从隔壁街内的停车场跑进凯宾斯基饭店大堂时,已经差一刻十二点!

两位老人坐在圆形的咖啡桌后,一同起身冲我微笑。玛格达一边跟我握手,一边不无嗔怪地笑道:"能让诺奖得主等四十分钟,你也可以获个奖啦。"

看到我满头大汗的窘相,凯尔泰斯温和地安慰:"柏林要比布达佩斯大多了,第一次来这儿约会的人,没有不迟到的……"老人穿了件熨得平整的浅黄衬衣和白色西裤,面色红润,笑容和蔼,手掌宽厚,握手的时候沉稳有力。没等我的"凯尔泰斯先生"叫完,他就打断我说:"别叫先生,就叫伊姆莱!"

我说:"那我还是叫伊姆莱大叔吧。"毕竟在我面前是一位77岁的老人。玛格达笑着挥了下手:"伊姆莱不喜欢别人叫他大叔,感觉太老。你就这么叫吧!"

"书带了吗?"刚寒暄完,老人就迫不及待地问我。中译本虽出版了三年多,凯尔泰斯一直还没有见到。这次我专程赶来柏林,就为能亲手送给他。我将准备好的一塑料袋书掏到桌上,一本一本地递到他手里。老人戴上老花镜仔细地翻看,感觉是自己的作品第一次问世。"你看,封面上印了匈牙利文……还有我的签字。"凯尔泰斯对中译本的装帧十分满意,凑到妻子身边指给她看,并用手摸了摸上面烫金的签字。

"这下面写的是什么?"他指着书里一条注释好奇地问。我回答说,因为在他的作品里提到了许多中国读者不很熟悉的欧洲人物,所以我在翻译时特意加了近百个注脚。他听后高兴地摸着我的膝头,说他的书译成了上百种语言,只有我做得最周到。

玛格达捧着《船夫日记》说:"这本书我很喜欢,可惜许多国家并没有翻,不过在瑞士很受欢迎,仅这本书就卖了三万册。"我说,这本也是我的最爱,在中国知识分子中也影响最大。

"我写的书,中国读者理解吗?"凯尔泰斯认真地问。我说,当然理解!中国人经历了南京大屠杀,也是人类堕落的见证者。在中国,不仅《命运无常》销量不错,另外三本书更能引起中国读者共鸣。我还告诉他:在北京的书店里我还见到过《英国旗》的盗版书……"我的书还会有人盗版?"老人听了并没有生气,而是惊讶和兴奋,因为他的作品即使在匈牙利也读者寥寥。我说:"盗版虽不是好事,但说明您的中国读者要比我们知道的多。"

听说我自己也写小说,凯尔泰斯赞许地说:"只有自己也写作的翻译,才可能是好翻译。"当得知我在译艾斯特哈兹的《赫拉巴尔之书》,老人高兴地欠身,张开手臂拥抱了我一下说:"谢谢,谢谢您!艾斯泰尔哈兹星期六就来柏林,我一定把这个消息告诉他!"就在我感到老人臂膀的力量和怀抱的温暖的那一刹那,泪从我的眼角涌了出来。我知道"幸福"这词已被用得很俗,但此时此刻,我只能用"幸福"描述。

先喝了一杯咖啡,又干了一瓶葡萄酒,我们的话题越来越多。从翻译谈到创作,从匈牙利局势到中国的发展,从对欧洲文学的看法到彼此的创作计划,转眼聊到一点多钟。若不是老人感到口干,而杯底已尽,恐怕还会一口气地聊下去。

"如果可以的话,我们一起吃午饭吧?我来请客。"老人在跟妻子小声商量之后,热情地向我们发出邀请。我不假思索地点头应允,不仅为能跟老人多说会儿话感到高兴,更激动于他们对我的好感。要知道,按欧洲人习惯,只有关系很近的朋友才会发出这样的即兴邀请。或许,他不想破坏已经酝酿好了的谈话气氛,提出留在咖啡馆用餐;玛格达客气地跟侍者商量。想来,老人是这里的常客,这一点请求不难满足。不一会儿,楼上餐厅的服务生就推着餐车来到咖啡桌旁，动作优雅地摆好餐具，然后跟说天书似的用混杂着法语、意大利语的德语报起了菜谱。经过跟作家夫妇的几问几答，服务生带着恭敬的微笑转身离开……饭菜很快端了上来，但我们具体吃了些什么，我不是忘了，而是根本就没有留意。要知道，能在柏林跟凯尔泰斯夫妇共进午餐，这是我出发前没有想到的幸运。

饭桌上的话题自然离不开美食。玛格达说，她在美国生活时，经常到当地的唐人街吃中餐，她最爱吃的是北京烤鸭；搬到柏林之后，也经常光顾中国饭馆。玛格达是一位身材结实、性情开朗的练达女人，上身套一件白色夏衫，下身穿一条蓝牛仔裤，举止干练。她笑着跟我抱怨说：自从她成了诺贝尔奖作家的夫人，再也不能口无遮拦、畅谈无忌。当然我明白，抱怨是女性的一种表达方式，在玛格达的话里，幸福的成分远多于抱怨。我在翻译《另一个人》时，就深为她与凯尔泰斯和作家前妻的感情所打动。

凯尔泰斯与前妻奥尔碧娜相识于1953年，集中营的恐怖经历和"对未来的绝望"将这对年轻人紧系在一起。"狱友般的团结"，使他俩在"几乎不可能的爱情"中获得了"不幸中的幸福"。在一间二十八平方米的小屋里，他俩相依为命四十年！奥尔碧娜的病逝，对凯尔泰斯来说

是致命打击,从而诞生了这段最真、最美、最令人动情的关于爱情的文字:

"她走了,并且带走了我生命的绝大部分,她带走了那段时间,在那段时间里,我的创作从开始到完成;她还带走了一段岁月,在这段岁月里,我们是如此相爱地生活在一个并不幸福的婚姻里。我们的爱,就像一个满面笑容、张着胳膊奔跑的聋哑孩子,慢慢地,他的嘴角弯成了哭的模样,因为没有人能理解他,因为没有找到自己奔跑的目标。"

奥尔碧娜走了,但她把自己对丈夫的爱传递到了另一位女性身上。玛格达女士在1956年匈牙利自由革命失败后逃亡美国,1990年作为美国公司代表回匈牙利工作。她在一次聚会中结识了凯尔泰斯夫妇,并成为挚友。奥尔碧娜与玛格达是一对相知相敬的女友,奥尔碧娜病重时,情真意切将丈夫托付给了守在病床前的玛格达:"你嫁给他吧。"1996年,玛格达与凯尔泰斯结婚,成了他的妻子、旅伴、秘书和第一读者。她经常说:"与伊姆莱的生活,是一段浪漫的旅行。"

我注意到,即使当着我这位"客人"的面,玛格达仍甜蜜地称丈夫——"我的小精灵";而玛格达滔滔地讲话时,即便观点有所不同,他也会柔和、温暖地望着她。两位老人默契的恩爱令我感动。

柏林约会
- - - - - - -
柏林墙的记忆。

（摄影：余泽民）

柏林约会

对我来说,
凯尔泰斯与我并不仅仅是作者与译者的关系,
我还视他为精神导师。

（摄影：芭尔涛·艾丽卡）

凯尔泰斯提到，他们搬到柏林实际是玛格达的主意，"是她发现，或许我在陌生的地方更容易获得内心的自由，而这种自由，是作家写作的先决条件。最初我们只是租了套房子在这里小住，后来得到一笔半年的奖学金，半年之后，我发现自己恋上了这座城市……"

　　"为什么？"我终于有机会提出这个揣了许久的疑问。

　　"为什么，哦，"老人沉吟片刻，随后宽厚地笑了笑。显然，在我之前这个问题已有许多人问过他。"不久前在斯德哥尔摩，有位女士问过我：你为什么偏偏选择柏林？我当然明白，她暗指我的集中营经历。我没有直接回答她，而是说：那代人已经死了，我不能把他们的罪过归到下一代身上，而是应该帮助他们正视历史。我不知道我的回答是否令她满意，但这么严肃的问题不可能在饭桌上用一两句话说清。"虽然，我们也是在饭桌前，但凯尔泰斯还是继续解释下去，"我从来没把纳粹集中营视为犹太人与德国人之间不可解除的敌意。如果那样认为，就太简单了。我之所以选择柏林，是因为我的主要读者都在这里，是因为我在德国成为的作家，我的作品首先在这里产生了影响。另外，还有我从年轻时就从中汲取营养的德国文化、哲学和音乐……现在，我只不过借用德国文化的工具，将艺术归还给德国人。说心里话，我热爱这座城市，就像秋天清晨的少女：清新、凉爽、充满欲望,仿佛是在策划着什么。柏林的路很宽,树很密,到处都是挤满人的咖啡座。当然,我也看到了柏林被那堵墙分割的另一个面孔⋯⋯"说起柏林,老人脸上洋溢出深情。

的确,柏林负载了沉重的历史,但正因如此,柏林人才有了如此深刻的自省。玛格达深有感触地说:"柏林是真正意义的世界都市,它的宽容,没有任何一座欧洲城市可以与之相比。在这里无论你是阿拉伯人还是美国人,犹太人还是东方人,这里的人对你都是一样;古典艺术,先锋艺术,流行艺术,地下艺术,在这里同样都有观众和市场;同性恋在这里不但能结婚,还被柏林人选为市长⋯⋯"

"对我来说,柏林是座文学之都,历史上始终扮演着东西欧文学的中介角色。十九世纪的俄罗斯文学,是先翻译成德文,才传到西方的;斯特林堡等许多斯堪的纳维亚的作家,也是从这里开始为世界所知。"凯尔泰斯把话题拉回到文学,"第一次世界大战后,卡夫卡从布拉格搬到柏林,在这里决定以写作为使命;许多中东欧作家也都是通过柏林之路,走向世界文学的。知道吗?'世界文学'这个词是歌德发明的。在布达佩斯,在我出生的城市,许多人都问我这个问题:你到底在柏林寻找什么?或许这样回答更干脆,在柏林,我找到了我生来本该享受的那种生活方式!"老人的最后这句话,道出了他为什么爱上柏林的根本理由——自由! 身心的自由,文学的自由!

接着,凯尔泰斯夫妇为我们做了一个详细的旅游计划,建议我看刚开幕的达利美术展,看柏林墙和"柏林墙博物馆",看电影《柏林上空的苍穹》里的大天使,看犹太街区的老屋和博物馆岛,自然还要去看布兰登堡大门和旁边的纪念集中营死难者的雕塑群……老人在我们带来的地图上认真地圈圈点点。

准备离开咖啡馆时,已是下午三点半,若不是老人还有一个约会,肯定还会聊下去。我还没来得及请凯尔泰斯签字,他先从桌上抽出我翻译的《船夫日记》递到我手里:"您请在这本书上写一句话,我要好好保存它。"我当时怔怔地望着老人,心里感动得无言以对。这是伟人的平易与谦恭。我在扉页上用中文写道:"感谢您为包括我们中国人在内的人类的堕落做证。"当我将这句话翻译给他后,老人连声说:"写得好,写得很好。"

之后,作家夫妇也先后为我签了字,玛格达说:"这是我第一次在伊姆莱旁边签名。"书已递到我手里,凯尔泰斯忽然想起什么,又要了回去,重新拿起笔,在自己的签名下边认认真真地补写了一行:"2007.8.16柏林。"

他再三叮嘱我,以后翻译过程中遇到什么问题或需要什么资料,随时可以打电话找他。"谢谢你给了我们一段这样美好的时光!"凯尔泰斯说着握住我的手。我再次被老人的真情打动。要知道,我与凯尔泰斯会面,竟是老人先开口感谢我! 我觉得自己的嘴好笨好拙,不知如何表达我的惊诧与幸福。几乎同时,我们都从咖啡桌边站起,情不自禁地紧紧拥抱。

走出饭店,走到街口,我和凯尔泰斯夫妇合了个影。老人认真地问:"看看,照得好吗?不好的话,再照一张。"

过了马路,我们再一次吻别,老人第三次将我搂在怀里,拍着我的背用父亲般慈爱的语调告诉我:"翻译我作品的人,就是我的亲人。"亲人,我是凯尔泰斯的亲人!望着相互搀扶、卷入人流的那双背影,我在心里幸福地尖叫。

我习惯了这里的人情味（后记）

我总是觉得，像"半个世纪"这种词只适合说别人，说那些秃头、长髯、皱纹满脸的老者。由于长期漂泊的缘故，不停的变化是我误觉衰老跟自己永无干系。当然，事实并非如此，一个人即使不想面对，时间照样流逝，单从吃喝拉撒的年头算，光阴在我身上已流过了半个世纪，而且是不带引号的。只是，我还喜欢在朋友们跟前嘴硬，狡辩自己还年轻，只有二十六岁，理由是1991年的出国将我的生命切割成两半——前一半属于集体的，后一半属于个人的，前一段属于"度过的"，后一半属于"活过的"……其实，我这么说并不算是"狡辩"，想当初，二十六年前，当列车载着我驶出国门的时刻，我真觉得被再次娩出。

回顾这前后的两段时光，的确不仅只是空间的变化，而是关于自己的一切——内容，节奏，质量，方向，机会，强度，可以说"所有的一切"——这种变化是彻底的，微妙的,总是隐含着意外的兴奋。对我来说,出国是我生命中的一道分水岭,我时常回想起那次不大可能重复了的漫长旅行,那发黄褪色的画面:在老北京站的国际站台上,一群朋友为一个人送行;之前的一夜,是在二、三十位朋友的陪伴下度过的,一同唱歌,分别低语,一肚子话的沉默,在父母琐碎的唠叨中收拾行李;铅灰色的霜晨,在还没有私家车的日子,居然有四辆车等在楼门外;站台上熙熙攘攘,由于送行的朋友太多,父母没有机会单独嘱咐儿子,感觉反倒成了外人;父亲一张张地为我和大家合影,事后我才意识到,我居然没有跟父亲的合影。列车开动的刹那,母亲向前冲出几步,隔着灰蒙腌臜、满是划痕的双层车窗抚摸我流泪、哭泣、变形了的脸;父亲一动不动地站在人群背后,望着我,并没有挥手(也许他不习惯表露儿女情长,也许由于他自己是一个闯南走北的人,所以并不觉得儿子远行是多大的事请。四年后我第一次返乡,父亲病危)之后,列车颠簸,驶出冷漠的北方风景,穿过风韧割脸的蒙古草原,穿过荒凉、苍茫的戈壁和西伯利亚无人区,也看到了贝尔湖畔的白桦林……由于北京到布达佩斯国际联运解体,在北京我只能托人买到去莫斯科的车票。我在莫斯科滞留了三天。不过有失有得,莫斯科成了第一座我看到的欧洲城市,即使萧条,也大气磅礴。我去了一趟红场,瞻仰了传说中的遗体,逛了连买扣子、线帽都要排长队的百货商场,并在一片小树林里散步,体验了唱过的"莫斯科郊外的晚上"。

事后回想,那段旅程本身就像戏剧的开场,带着冒险色彩。

莫斯科的出租车司机都不懂英文,连 railway station(火车站)都听不懂,我只好跑到中国使馆请热心的门房找人写了一张俄文字条:我要去莫斯科基辅火车站。每天,我都像哑巴似的拖着行李到街上拦车,掏出字条给司机看。

在火车站高大、无序的嘈杂售票大厅内,我守着一只 35 公斤重、没有轱辘的黑人造革箱子和一提包书绝望地等票,名副其实地"等",如守株待兔,连续等了三天。票贩子都是俄罗斯人,跟他们一句话都说不通,他们向我兜售的票上我一个字母也不认识,搞不清真假。到后来,感觉简直是坐以待毙,但又别无选择。幸好在走投无路时,遇到一位过路的中国留学生,他热心地告诉我,从莫斯科到布达佩斯的票根本买不到,他建议我去买一张从莫斯科到基辅的车票,上车后塞给列车员 10 美金,保证会放行,暑假时他就这么干过。保险起见,我请他帮我写了一张俄语字条揣在兜里。人在情急的时候是弱智的,什么都愿意相信,而不会考虑合法与否和危险程度。

就这样,我在留学生的帮助下花了 27 戈比(大概是这个数字,当时卢布还没有贬值得那么厉害,一美金官方兑 30 多卢布,黑市能兑 60 多卢布)买了一张到基辅的车票,而且还是头等车厢。车厢里只有上下两张卧铺,单有行李架、盥洗池和折叠桌。坐在上铺的是位曾在前苏联留过学的越南人,自称高干子弟,20 世纪七十年代跟当官的父亲一起去过北京,我叫他"洪",这次是到欧洲旅游并谈生意。列车启动前,我跟越南人聊得甚欢,甚至一起哼起小时候的那首歌曲,"越南,中国,山连山水连水",当我们唱道"胡志明,毛泽东"时,火车开动了。

随着车轮轰鸣,我的心也提到了喉头。这时候,一位大胡子的俄罗斯列车员来包厢里查票,我把车票、10 美金钞票连同那张俄语字条一起惴惴地呈上,大胡子瞅瞅接过去的东西,然后打量了我一眼,面无表情地出去了。我开始担心:万一列车员要我中途下车怎么办?将被野狼吃掉?还是会遇到抢劫?过了将近半个小时,大胡子跟一位年轻些的同事一起回来,他们请越南人翻译给我说:如果我想到布达佩斯,需要再交 90 美金。当时,我口袋里总共揣了 400 美金,但我毫不心疼地抽出来一张递过去。那一刻的感觉是,只要能放我到匈牙利,要我交裤头都会给。

列车员拿钱走了,我提着的心终于落回到远处,继续跟越南人用英语聊天。当我听说他要去维也纳时，顿时就急了，冲出包厢敲列车员的房门，用英语冲他嚷："我乘错了车！我去布达佩斯，不是维也纳！"大胡子跟我叽里呱啦地说俄语，我听不懂，只顾重复自己的话，最后，大胡子伸出像铁钳般的大手攥住我的一条胳膊，不由分说地把我拖回到包厢。经过越南人的翻译，我这才明白：这趟列车的终点是维也纳，但中途经停布达佩斯……闹出这个笑话后，我才意识到自己的莽撞，出国之前，我居然没查过世界地图！连布达佩斯和维也纳的地理关系都没搞清楚。当时我来匈牙利的原因十分简单，就是因为不需要签证。想来，当时假如有谁告诉我去非洲的某个角落可以免签，我肯定也会去的。

那年我26岁，很想看看世界。那十天的路程，落下了一幕，也拉开了一幕。

许多年后，我在布达佩斯结识了一位朋友，聊天中得知，他当年出国也闹出过跟我类似的笑话。朋友叫魏翔，福建人，出国前是国内小有名气的青年油画家，他出国的目的地是文艺复兴的圣地意大利，来匈牙利只是想把这里当成跳板，没想到边境吃紧，结果被迫留了下来。他说他动身前从一本《世界地图册》里撕下了几页欧洲国家地图随身带上，那几页里有意大利、法国、奥地利和荷兰，但是没有匈牙利。现如今，他开的威克公司不仅运动和时尚鞋的生意做得很大,而且向国内推介匈牙利葡萄酒业首屈一指,下一代都入了匈牙利籍。可见,无知者无畏的不仅是我,人年轻的时候,真的不觉得有什么好怕,认定"天无绝人之路",认定年轻就是本钱,能够赎买一切。

在布达佩斯东站下车后,等到站台上的旅客全部散尽,一个高个子的陌生人拿着我的照片(那是我在北医读书时的一张照片)朝我走过来,只记得他是个北京小伙子,至于叫什么,我早就忘了,他带我去了布达佩斯两百公里外的小城塞格德……就这样,我来到欧洲大陆,落足在这个中欧小国,像一个孩子被孤独地扔到一个陌生地,耳濡目染地了解了这里的人、生活、习俗和文化,从琐碎的点滴开始。比如,当地人吃苹果连果核一起吃,吃葡萄从来不吐葡萄皮;当地人不随地吐痰,会把擤有鼻涕的纸巾揣回到口袋里,但能忍受各种爱犬在闹市里随地大小便,夏天的时候气味难闻;当地人十分礼貌,陌生人狭路相逢会打招呼,进出商店时,即使随后跟上来的人还离着几米,也习惯耐心地给后面人留门,尤其是对老人和女士;在电梯里,你若是忍不住打了个喷嚏,站在旁边的陌生人会异口同声跟你说:"祝你身体健康"。

记得我刚到塞格德,有一次跟朋友搭公车,乘客不多,有好几个空座。出于在中国养成的习惯,我一上车就找了一个空位坐下来，然后招呼朋友也来坐。朋友摆手跟我解释说：他上车从来不坐，一是省得站起来给别人让座，二是他一个大小伙子不好意思坐。后来我注意到，不仅是许多年轻人不坐，许多老人也不坐，他们觉得站着乘车是健康的标志，并不觉得站着就亏了什么。从那之后，我也习惯了站着乘车。

在匈牙利，我既没有发财，也不曾镀金，但我体验了"平平淡淡总是真"。尽管匈牙利人的身上有亚洲血缘，曾几何时，他们的祖先曾是驰骋亚细亚草原的游牧民；在欧洲民族里，只有匈牙利人姓在先名在后……然而，他们毕竟经受了欧洲文化逾千年的熏陶，他们的生活、处世和思维习惯都更接近欧洲人，而不太像我们。即便东欧也经历了战争、革命、冷战与变革，也进入了信息时代和商业社会，但在他们身上保留下来的人文气息仍然很多，人与人的关系也很质朴。在20世纪九十年代，我跟当地的年轻人出游，在公路搭车是经常的事，而且从来没有失败过。但是近些年，肯让陌生人搭车的逐渐减少，但朋友们坐在一起，还是谈身心类的话题比谈物欲类的多。不过，如果你去罗马尼亚旅游，如果你驾车穿过中小城镇，经常能看到有人打"搭车"的手势，经常有围着花头巾、系着花围裙、挎着菜篮子的的农妇站在公路边做出"搭车"的手势。看到这种场景，会让人很欣慰，对当地人产生天然的信任。

两年前,我跟一位华人朋友去华沙,傍晚准备离开市区到他们设在郊区的公司总部过夜。但是当我们赶到长途汽车站,我们要搭的那班长途车刚刚开走,下一班要等一个多小时。我们站在站牌下等了一会儿后,朋友走向停在路边的一辆轿车,向坐在方向盘后的中年人询问:有没有别的车也到我们想去的地方?中年人打了一个"稍等"的手势。几分钟后,一个少年人从马路对面走过来,坐进车内。父子俩说了几句什么,中年人探出头招呼我俩上车,分文不要地径直把我们送到了住处。

还有一次在维也纳,我和朋友按图索骥地找到维也纳森林公园的一个入口,但是大门紧闭。环顾四周不见行人,我们硬着头皮敲开了一户人家,一位老者走出来,向我们解释说这扇门周末不开,不过在前面还有个小门。他解释完后,担心我们找不到,执意走了一两公里路把我们送到一扇野藤遮挡的小铁门外……都说大都市冷漠,但欧洲的大城市人情味很足,至少比国内足得多。就拿布达佩斯来讲,办事用不着处处求人,再贫寒也不用为孩子上幼儿园上学发愁,基本上是免费教育,从去年开始,连幼儿园孩子们的饭费都由政府掏;这里没有碰瓷,没有托儿,没有号贩子,不炫富,不嫌贫,农贸市场上买东西不用盯着秤,坐在咖啡馆里没有人催问你再点什么,在医院看病不用担心会看医护人员的脸色,打出租车不用担心受骗,除非打了黑车。总统当满四年才能得到一套公寓,家在外地的部长在首都租房工作;曾任总统的根茨是一位小说家和翻译家,书展期间,他跟别的同行一样顶着烈日、不带保镖地独坐在广场上签售;曾有一任施密特总统,因为以前写的博士论文被人发现抄袭,不仅在舆论的压力下尴尬辞职,还被大学收回了博士学位。金碧辉煌的大歌剧院,看同一场演出,最贵的票上百美金,最便宜的票只有几美金,退休人员可以买年票,保证人人有机会享受艺术。

再说读书,匈牙利人读书是有传统、成风气的。逢年过节,或者过生日或命名日,亲友间送书是很寻常的事。书店里的文学、艺术和知识类书占了很大比例,很少见到像国内那样"功利书"码成垛,教人如何一夜暴富或勾心斗角。有数据为证,匈牙利人每年人均购书 20 本(不包括课本),而中国每年的人均购书费只有六毛多(还包括学校课本)。在匈牙利,从五年级开始到高中毕业,学生们至少要读五十部文学原著,体裁包括小说、诗歌和戏剧,从古典到有现代,从马洛伊的《一个市民的自白》到托马斯·曼的《威尼斯之死》,从席勒、莎士比亚戏剧到《冷血》和《1984》。国内读文学书的人骤减,总是抱怨生活节奏或网络冲击,殊不知根本问题出在我们的人文教育上。

欧洲人普遍爱读书,读书的人多,城市的人文气息自然会浓。我很爱讲一件布拉格小事,这么说并不夸张——我爱上那座城市,就因为一个读书的人。第一次去布拉格,我坐了一夜火车,当时捷克还没有入申根。抵达布拉格时是清晨上班高峰,地铁车厢内乘客很多,我被紧紧地夹在中间,过了一两站地,一个瘦长、金发、穿条绒修身外套的小伙子挤进车来,脖子上系了条素色纱巾,不扎眼,却很养眼。上车后,他靠到一根金属杆上,掏出一个小开本精装书,旁若无人地开始读起来。地铁咣当咣当摇晃,他半长的发梢悬在额前,皮肤白皙,睫毛很长,神情专注。我好奇地凑近望了一眼书页,即便不懂捷克语,也可以断定他读的肯定是一本诗集。那个场景,对我来说就像一个穿越剧情节,不知是真实的错觉,还是错觉的真实,在 21 世纪初的布拉格地铁上遇到一个相貌精致的年轻人读诗集,这雪莱、拜伦时代的情调给我带来的冲动和感动,让我至今无力用文字复述。就是那一刻的浪漫,让我爱上了这座城市。

住在欧洲是幸运的,可以自由地活着,可以自由地行走,可以自由地想或不想,可以自由地记忆和回忆。尤其在我住她写她翻译她多年后,我成了她的一部分。对我来说,欧洲文化并不是那些名画名胜,那些只是欧洲的衣裳,真正的欧洲是生活中的细节和细节中散发的人文味道。

十年前,女作家方希把我介绍给女编辑陈溶冰,拉我下水,给《深圳商报》的万象副刊写了十年的文化专栏,每周一篇,几乎从未中断,积攒下来有数百篇。第一次结集出版就是董兆林兄的主意,那本书的书名都是他起的——《欧洲的另一种颜色》,时隔十年,这本集子的面世又源于他隔山隔水的约稿,理当谢他。这本书选入的篇目大多是我近几年为国内报刊写的专栏文章,其中有几篇是《北京晚报》的孙小宁和《中国新闻周刊》的陈晓萍约的专栏文章,一并感谢。书中的图片有几张是我自己拍的,另一部分则是由好友佟伟、魏翔和我弟弟余伟民等提供的,为文字提供了视觉的细节。这50篇散文凑在一起,乍看没有主题,恰恰这就是主题,想来欧洲人的生活本来就是肆意、散漫的。

余泽民

2016 年 12 月 29 日,布达佩斯